生かされて生きて

元ひめゆり学徒隊
〝いのちの語り部〟

与那覇百子［著］
Momoko Yonaha

道友社［編］
Doyusha

道友社

昭和20年３月の沖縄戦開戦により、負傷兵の看護に動員された「ひめゆり学徒隊」は、沖縄師範学校女子部と沖縄第一高等女学校の生徒たちで構成された。写真は戦前の18年12月、沖縄師範学校女子部で撮影されたもの。与那覇《よなは》百子《ももこ》さんは前から２列目、写真中央の野田《のだ》貞雄《さだお》校長の右隣で笑顔を見せている

（写真提供＝与那覇百子）

沖縄本島最南端の荒崎《あらさき》海岸。戦争時、おびただしい数の米軍の艦艇が、沖合から艦砲射撃を続けた。米軍に追われた与那覇さんたち学徒隊員は、命からがらこの海岸まで逃れ、捕虜となった

沖縄各地に自生する白百合《しらゆり》。師範学校女子部と第一高等女学校の校章は、白百合の花をモチーフにしていた

「摩文仁《まぶに》の丘」に置かれた日本軍沖縄方面部隊の司令部壕《ごう》跡。本島南部の各地に点在する洞窟《どうくつ》には、多くの兵隊や避難民が隠れた

与那覇さんは、沖縄の本土復帰を前にした昭和40年ごろから、自治体や学校などの招きを受け、沖縄戦の〝語り部〟として戦争の悲惨さと平和の尊さを人々に伝えている

平成４年には、映画『ひめゆりの塔』の主演女優である香川京子《かがわきょうこ》さんとテレビ番組「徹子《てつこ》の部屋」に出演した
（写真提供＝与那覇百子）

与那覇さんの実家である現在の天理教首里《しゅり》分教会。戦災で焼失したが、のちに再建された。沖縄戦の犠牲となった仲間たちへの祈りを込めて、与那覇さんは〝語り部〟活動を続けている

米軍の攻撃で多くの学徒隊員が亡くなった伊原《いはら》第三外科壕跡に、関係者の尽力で「ひめゆりの塔」が建てられた。塔には、命を落とした学徒隊員と教員の名前が刻まれ、遺骨の一部が納められている。右側に建つ小さな石の塔は、昭和21年に建立されたもの。現在も塔を訪れる人の献花が絶えない

まえがき

太平洋戦争末期の昭和二十年三月二十三日、アメリカ軍による沖縄上陸作戦が始まりました。同年六月二十三日、日本軍の沖縄方面総司令官が自決するまでの三カ月間、島の全土で戦いが繰り広げられ、一般住民九万四千人を含む約十八万人が命を落としたといわれています。

この沖縄戦で半数以上が犠牲となった「ひめゆり学徒隊」は、沖縄師範学校女子部と沖縄第一高等女学校の生徒たちで構成されていました。十五歳から十九歳までの二百二十二人が、軍と行動を共にすることを余儀なくされ、戦闘の最前線で、多くの負傷兵の看護に当たったのです。

本書は、奈良県天理市で平成二十一年八月に開催された「一れつきょうだい推進研修会」（主催＝天理教啓発委員会）において、元ひめゆり学徒隊員の与那覇百子《よなはももこ》（旧姓・上地《うえち》）さんが講演した内容をもとに、新たに本人へのロングインタビューを試み、それをまとめた貴重な証言です。そして、その証言の基調をなす歴史的資料として、ひめゆり学徒隊の隊長を務めた西平英夫《にしひらひでお》氏（当時、沖縄師範学校教授）の後年の著書『ひめゆりの塔　学徒隊長の手記』（雄山閣刊）から、事実経過の記述を引用しています。

与那覇百子さんは、天理教首里《しゅり》分教会の上地安昌《あんしょう》会長（当時）の三女として生まれ、沖縄県立女子師範学校（のちの官立沖縄師範学校女子部）へ進学しました。予科三年を了《お》え、本科へ進級する直前に沖縄戦が始まったため、看護要員としてひめゆり学徒隊に加わり、南風原《はえばる》陸軍病院へ配属されました。「鉄の暴風」と形容される激しい戦火のなか、大勢の学徒隊員が犠牲となりました。

与那覇さんは「あの悲惨な戦争を二度と繰り返してはならない。平和の尊さを知ってもらいたい」との思いから、現在、沖縄戦の〝語り部〟として、全国の小中学校や高校、大学、自治体などの要請を受けて当時の体験を伝えています。

一方、西平英夫氏は、奈良県吉野《よしの》郡小川《おがわ》村（現在の吉野郡東吉野村）に生まれ、京都帝国大学で哲学を修めました。在学中、同郡高見《たかみ》村にある天理教鷲家《わしか》分教会の樋口《ひぐち》宇三郎《うさぶろう》会長（当時）の長女・智恵子《ちえこ》さんと結婚。卒業後、京都府朱雀《すざく》第六小学校勤務を経《へ》て、師範学校の教授として沖縄へ赴任しました。

沖縄師範学校では生徒主事を務め、開戦後は、軍の命令により、ひめゆり学徒隊の隊長として生徒たちと行動を共にしました。

元ひめゆり学徒隊員で、ひめゆり平和祈念資料館館長の本村《もとむら》つるさんは、先の本の中で「危険な弾の中を絶えず動きまわって、状況判断し、安全をたしかめて下さった。私たちがこうして生きのびたのも先生のお陰で、先生は私たちの命の恩人」と述べています。

本書が戦争の悲惨さと平和の尊さ、そして、いのちの大切さを伝えるとともに、争いのない陽気ぐらし世界を目指すうえでの貴重な記録となることを願ってやみません。

なお、本書の刊行に際し、著書からの引用を快諾くだされた西平英夫氏の長女・松《まつ》永英美《ながひでみ》さんと、出版元の株式会社雄山閣に、心より御礼申し上げます。

平成二十三年六月

編　者

目次

第一章 忍び寄る戦火

証言

別れの水杯

「戦況がここまで切迫すれば、もう二度と会えないかもしれない。最後に三人で、別れの水杯《みずさかずき》をしよう」

教会の薄暗い参拝場で、会長である父は、愛子《あいこ》姉さんと私に向かってこう言いました。お水を神棚に供え、三人で神前にぬかずきます。長い拝を終えて顔を上げた父は、三つの湯飲み茶碗にお水を注ぎ、自分自身と私たち姉妹の前に置きました。

昭和二十年（一九四五年）三月二十六日、午後七時すぎのことです。この日、私は沖縄師範学校女子部【コラム①（19ページ）】の学生看護要員、のちに「ひめゆり学徒隊」

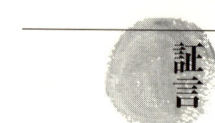

と呼ばれたその一員として、南風原《はえばる》陸軍病院へ出発することになっていました。

屋外からは、アメリカ軍の飛行機がうなり声を上げて飛ぶ音や、爆弾が炸裂《さくれつ》する音が方々から聞こえてきます。前年の十月十日に那覇《なは》市全域を襲った「十・十空襲」があり、年が明けて一月下旬にも大規模な空襲がありました。二月に入ってからは、毎日のように空襲があったように記憶しています。そして三月二十三日からは、本格的な米軍の地上攻撃が始まり、那覇の街はすっかり焼け野原になってしまいました。

ひめゆり学徒隊として戦場へ出れば、二度と家族に会えないかもしれない。これが最後の別れになる――。そんな思いで、私たちは湯飲み茶碗を押し頂き、ぐっとお水を飲み干しました。

「どこへ行っても、一生懸命に働くんだよ」

父が涙声で言いました。若いころ、琉球相撲《りゅうきゅうずもう》や空手で鍛えた大きな体が、小さく震えていました。

「お父さんも、お元気で。では行ってきます」

私も涙をこらえながら、こう言いました。

幸せな家庭生活

私の実家、上地《うえち》家は代々、沖縄の首里《しゅり》（那覇市の北東部）で暮らしてきました。父や祖父の話では、遠い昔、わが家は琉球国の政治家として王朝に仕えていたといいます。

天理教の信仰は、私の祖母・ツルから始まりました。

生まれつき体が弱く、寝込むことの多かったツルは、天理教那覇宣教所《せんきょうしょ》（現在の那覇分教会）の布教師、照屋寛章《てるやかんしょう》先生に導かれ、入信したのです。

父・安昌《あんしょう》は、祖母の勧めで天理教の話を聞くようになり、那覇宣教所へ日ごと参拝するようになりました。大正五年（一九一六年）四月には、天理教校別科（明治四十一年に開設された天理教の布教師を養成するための学校。修業期間は半年）へ進み、卒業後は宣教所に住み込んで、布教に明け暮れる日を送りました。

大正九年、父は同じ宣教所に住み込んでいた比嘉《ひか》カメと結婚。十二年四月に長女・初子《はつこ》、十四年十二月に二女・愛子、昭和三年（一九二八年）三月に三女の私、百子《ももこ》が生まれました。

その後も、昭和五年に四女・道子《みちこ》、八年に五女・昌子《まさこ》、十年に六女・つる子、十三年に長男・安誠《あんせい》、十六年に二男・安英《あんえい》、十九年に三男・安重《やすしげ》と、相次いで子供を授かりました。

祖母はかねて「社会へ出て金もうけをしようなどと考えてくれるな。道一条（布教専従）で通ってほしい。生活の面倒は私が見る」と父に話していました。しかし、祖父・松《まつ》は、そこまで信仰熱心だったわけではありませんでした。家の畑仕事を後回しにして那覇分教会の御用をつとめる父を叱《しか》ったり、母に厳しく当たったりすることもあったようです。そんなとき、父は「申し訳ありません」と素直に謝り、すぐに野良着に着替えて畑仕事へ出かけたと聞いています。

そんな父の姿に、祖父は少しずつ信仰に好感を持つようになり、晩年は良き理解者になっていました。昭和五年に亡くなる間際には、母の手を取って「カマドゥ（＝カメの愛称）、大変お世話になったね。ありがとう。安昌とツルを頼むよ」と話したそうです。

父はとても家族を大事にする人でした。朝、起きてくると、祖母に向かって正座をし、両手をついて「ウーキミシェービティ」（＝おはようございます）とあいさつをしていました。私たち子供には、毎晩のように「明日の準備はできてるかい？」と聞いて、鉛筆を削ってくれたり、勉強を教えてくれたりしました。もちろん、母と喧嘩《けんか》をしている姿など見たこともありません。

布教一筋の毎日を送っていた父は、大正十三年に首里市当蔵町《とうのくら》（現在の那覇市首里当蔵町）で信者さんの信仰の拠《よ》り所《どころ》となる集談所を開設しました。そして昭和十七年、担任者のいなかった美里《みさと》分教会の二代会長に就任。この教会を首里市赤平町《あかひら》（現在の那覇市首里赤平町）へ移転し、首里分教会と改称しました。

信者さんの数は決して多くありませんでしたが、熱心な方ばかりでした。毎日参拝に来る人も多く、野菜やお金をお供えしてくださいました。

主食はサツマイモとご飯が半々。ご飯といっても、水をたくさん入れておかゆにしたものや、野菜入りのおじやなどが中心でした。


そんな貧しい暮らしの中でも、両親は子供たちに勉強させたいという気持ちが強かったようです。「しっかり勉強して師範学校に入って、将来は学校の先生になってほしい」と、よく話していました。

当時の沖縄には、沖縄県師範学校（男子校）と沖縄県女子師範学校（いずれも県立）がありましたが、昭和十八年に統合され、官立沖縄師範学校となりました。師範学校の生徒は授業料が免除され、さらに国から給付金も出ます。決して裕福ではなかった私たち家族にとって、これは魅力的な制度でした。

父は子供の信仰心と向学心を少しでも養おうと思ったのでしょう。昭和十三年ごろから、夕方のおつとめ（毎日朝夕に勤める天理教の祭儀）の後、天理教の教祖《おやさま》がお通りくださった五十年の道すがらや教えのかどめ、そして日本史や沖縄の歩みなどを三十分くらいかけて話してくれました。最初、話を聞いていたのは初子、愛子、私の三人だけでしたが、いつのころからか母や祖母たちも同席し、家族そろって父の話に耳を傾けるようになりました。

この父の夕席は昭和十九年八月、母や弟たちが熊本へ疎開するまで毎日続きました。私はこの時間が大好きでした。後年、母も「あのころが一番幸せだった」と述懐していました。

女子師範学校へ

昭和十三年に初子が、十五年に愛子が相次いで女子師範学校に入りました。女子師範学校は真和志《まわし》村安里《あさと》（現在の那覇市安里）にあり、同じ敷地に県立第一高等女学校も入っていました。姉に誘われて運動会や音楽会、学芸会などを見に行くのが楽しみでした。特に、私は音楽が好きでしたから、音楽会では「師範学校に入ったら、

【コラム①】

沖縄師範学校女子部・沖縄県立第一高等女学校

師範学校とは、国民学校の教員養成を目的とする官立の教育機関。本科と予科が置かれ、本科は中学校もしくは高等女学校卒業生、予科は国民学校高等科の卒業生、および中学校もしくは高等女学校二年修了者が入学できた。

沖縄師範学校女子部と沖縄県立第一高等女学校は、当時の真和志《まわし》村安里《あさと》にあった。

「左側に沖縄師範学校女子部、右側に沖縄県立第一高等女学校の門札をかかげた校門の前には、柳に似た相思樹《そうしじゅ》の並木が空を覆って繁り、南国の強い太陽をさえぎって気持ちの良い木影をつくっていた」という（西平英夫著『ひめゆりの塔　学徒隊長の手記』雄山閣より）。

師範生は左向きの百合《ゆり》に「女師」の字を入れたバッジを、高女生は右向きの百合に「高女」の字をあしらったバッジを、それぞれ胸につけていた。

かつて両校の敷地だった場所は、現在、市場や繁華街になっている。しかし、両校に隣接していた師範学校女子部付属大道《だいどう》小学校は、那覇市立大道小学校として現存。小学校の前には、女子師範生と一高女生を模した銅像が建てられ、当時の面影をいまに伝えている。

大道小学校の前にある銅像

こんな曲を弾けるようになるのね」と、夢をふくらませていました。

昭和十七年、私は師範学校に合格しました。

姉妹三人がそろって在籍するのは初めてのことらしく、学校関係者から「上地の三姉妹」と言われました。

師範学校では、ブラスバンド部に入りました。ブラスバンド部顧問の東風平恵位《こちんだけいい》先生は、練習のときは厳しい人でしたが、普段は私たちの求めに応じて、シューベルトやショパンの曲をピアノで弾いてくださる優しい先生でした。

この年、そして翌十八年は、平常通り授業がありましたが、十九年に入ると、戦争の雰囲気が次第に濃くなっていきました。

十九年の春から、私たちは週に一度くらい、那覇飛行場（現在の那覇空港）の整地を命じられました。最初は小石拾いなどの簡単な作業が中心でしたが、やがて防空壕《ぼうくうごう》掘りで出た土を運ぶ作業が多くなりました。また、与儀《よぎ》農業試験場跡地（現在の与儀公園）では、セメントに砂や砂利を混ぜて、高射砲台の基礎づくりや陣地構築をしたこともありました。

夏休みになると、そんな作業ばかり続きました。二学期に入ってからも、ほとんど学校へは行けませんでした。

与儀農業試験場跡地に来ていた兵隊さんの中に、太田博《おおたひろし》さんという少尉がおられました。太田少尉は「君たちのために歌を作ってあげるよ」と、師範学校と第一高等女学校の校門前にあった相思樹《そうしじゅ》（台湾アカシア）の並木を題材にして、素晴らしい詞を書いてくださいました。これに東風平先生が曲をつけて、『相思樹の詩《うた》』ができました。翌年の卒業式で、この歌が初披露されることになり、私たちはその日を楽しみにしていました。

一方で、八月に入ると、妹の昌子とつる子が学童疎開し、母も三人の弟たちを連れて疎開地の熊本へ向かいました。祖母は教会役員の一家とともに、沖縄本島北部の国頭村《くにがみ》へ疎開しました。初子はすでに教員として北谷村《ちゃたん》（現在の中頭郡北谷町《なかがみ》）にある北玉《きたたま》小学校へ赴任していましたから、教会に残っていたのは、父と、師範学校を卒業

疎開が遅れた背景

沖縄県では昭和十九年から、高齢者、子供、女性などを対象に集団疎開が進められた。

しかし、疎開先での風評が伝わると、なかには疎開をためらう人も出てきた。

「寺や公会堂等の集団生活を長い間辛抱しなければならない。農家の馬小屋や納屋《なや》に住まなければならない。内地も食糧が窮屈で、知り合いもない沖縄県人の場合どうにもならない。あわてて来たけれど本土は大変寒い。こういうことが次第に明らかになって来ると、むしろ郷土に踏みとどまったほうがよい、どこで苦労するも同じでないかと考えるようになった」（西平英夫著『ひめゆりの塔　学徒隊長の手記』雄山閣より）

また、同年八月二十一日、学童疎開船「対馬丸《つしま》」が撃沈され、乗客一千六百六十一人のうち一千四百八十四人（うち学童七百五十八人）が犠牲となった「対馬丸遭難事件」が発生したことも、疎開を遅らせる要因となった。

それればかりではない。沖縄特有の方言の問題があったという。

「沖縄方言は、日本語ではあるが、その独特な訛《なま》りのために、標準語とはかなり異なったものであることから生活上の障害をもたらした。明治以来教育の普及によって四十歳以下の者はりっぱに標準語で話せるが、四十歳以上にもなると有識階級の一部を除いては、標準語を話すことも聞くことも出来ないありさまであった。このことがど

【コラム②】

れだけ多くの沖縄の老人たちの疎開をはばんだか知れない」（同書）

同年十月十日の空襲（十・十空襲）により、那覇市街地の九割は焼失。これをきっかけに、県外疎開がようやく本格化する。

しかし翌二十年一月二十二日、二回目の大空襲に見舞われたころには、すでに疎開用の輸送船さえ確保できない状況になっていたという。

したばかりの愛子、そして私の三人だけでした。【コラム②】

忘れもしない、十月十日のことです。朝七時ごろ、東の空から何十機もの爆撃機が飛んできました。米軍による沖縄全土への本格的な空襲が始まったのです。

この日、集中的な攻撃を受けたのは那覇でした。私どもの首里分教会は高台にあったので、火の海と化した那覇の街が眼下に見えました。

教会のすぐ近くを通っている街道は、那覇から逃げてきた人たちでごった返していました。時折「水を下さい」「食べる物はありませんか?」と教会へやって来る人がいると、私たちは蓄えておいた食料や水を差し上げました。

そのころになると、学校の授業はなくなり、飛行場での作業が続きました。

そんな中にも、私にはささやかな楽しみがありました。作業が終わって学校へ戻り、音楽室のピアノを弾くことでした。

「十・十空襲」の後、米軍はフィリピンへ向かい、沖縄への攻撃はめっきり減りました。うわさでは、フィリピンで日本軍が米軍を撃退し、沖縄はしばらく安全になるだろうという話も聞かれたほどでした。

しかし年が明け、昭和二十年一月二十二日、二度目の大空襲がありました。那覇から首里にかけての一帯は、すっかり焼け野原になってしまいました。

『月光』のピアノ演奏

昭和二十年三月二十二日のことです。夕方、いつものように音楽室で私がピアノを弾いていると、音楽を専攻している上級生と、東風平先生が音楽室へやって来ました。

私はまず上級生にお願いして、ベートーベンのピアノソナタ第十六番を弾いてもらいました。

次に、東風平先生にお願いしました。

「先生も何か一曲、弾いてくださいませんか」

「分かった、それじゃあ……」

東風平先生はすぐにピアノを弾き始めました。ベートーベンの『月光』でした。

夕日が差し込んでオレンジ色に染まる教室に、柔らかなピアノの音色が響きます。

東風平先生の横顔は、とても凛々《りり》しく見えました。しばし戦争のことを忘れ、天にも昇るような心地で聴いていました。

演奏が終わると、辺りは薄暗くなっていました。

「二人とも、そろそろ帰ろうか」

東風平先生に促され、私たち三人は並んで校門を出ました。

これが、学校で過ごした最後の平和なひと時でした。

翌二十三日、米軍は沖縄本島への上陸作戦を前に、大規模な空襲とともに艦砲射撃を開始したのです。

私たち師範学校と第一高等女学校の生徒は、かねて「地上戦が始まったら、学校と行動を共にすること」を軍から指示されていて、学校は保護者から承諾印をもらっていました。動員後は、看護要員として南風原《はえばる》村（現在の島尻《しまじり》郡南風原町）にある陸軍病院へ行くことになっていました。まず寮に入っていた生徒たちが、寮舎監の西平英《にしひらひで》夫《お》先生や、仲宗根《なかそね》政善《せいぜん》先生に引率されて出動しました。

その後、自宅から通っていた生徒たちが、首里城のふもとにあった沖縄師範学校の校庭に集まり、第一高等女学校の仲栄真《なかえま》助八《すけはち》先生の引率で南風原の陸軍病院へ向かったのです。父や姉と水杯を交わした私も、その一人でした。

第二章　南風原陸軍病院

資料

西平英夫著『ひめゆりの塔　学徒隊長の手記』
「月下の出動」より

昭和二十（一九四五）年三月二十三日――

この日こそ、今次大戦の数ある悲劇の中で最も悲惨な戦い――軍も民も一体となって、物量を誇る敵軍の鉄の暴風に対決し、八十日にわたる悪戦苦闘の結果、幾多の悲劇とともに幕をとじた沖縄戦の第一日である。

われわれの予想を裏切って敵の来襲は意外に早く、送別会の夢いまだ覚めやらない暁《あかつき》の静寂を破って開始された。この日の空襲は十月十日よりももっと激しいものであった。海に陸に、南に北に、獲物を求めて乱舞する敵機は沖縄の空を掩《おお》って、その数、数千に及んだであろう。ために地は裂け、山は割れ、全島沖縄は鳴動するかに見えた。

熾烈《しれつ》を極めた空襲も夜にはいってやんだが、私は、来るべきものが、ついに来たことをはっきり意識した。寮に帰って生徒一同に対し、「明朝もまた空襲があるだろう。それは明らかに敵の上陸作戦を意味するものであるから、今夜はよく身の回り品を取りまとめ、何時《いつ》でも出動出来る用意を整えておけ」と指示した。

翌日も未明から空襲の連続であった。この日の攻撃はすでに陣地を目標にしていた。垣花《かきのはな》の高射砲の陣地、泊《とまり》の陣地はいうに及ばず、目標を求めて敵機は山という山、陣地らしい地点には一つ残さず爆弾を投下した。それに加えて、九時ごろにははるか南のほうから遠雷のような艦砲の音がとどろき始めた。

私は坂下壕《さかしたごう》の危険を思って、機を見て識名《しきな》に移動することを決心した。識名は師範生が過去半年にわたって協力して出来た岩窟《がんくつ》の陣地であり、坂下壕からは木の間がくれに行くことの出来る地点にあった。

識名はまだ静かであったが、兵は壕内で忙しく戦闘準備を整えていた。山頂から見渡す光景は、東から西から南から飛行する敵機で掩われ、沖縄全島、白煙と黒煙でつつまれているかに見えた。

学校に帰って西岡《にしおか》部長に連絡に行くと、

「西平、死んでくれるか」

と、いきなり手を取られた。私はすべてを察した。（中略）

私は、かねての計画どおり、生徒に出動の用意を命じた。（中略）あたりは月に照らされて明るくなっていた。ガジマルの葉がキラキラとゆれていた。月影をあびて首里《しゅり》、那覇《なは》から続々と生徒が駆けつけて来た。教員も仲宗根《なかそね》君以下続々と集まって来た。（中略）

ころをはかって、整列を命じ部長の訓辞を受けた。

「いよいよ米軍の上陸だ。平素の訓練の効果を発揮して、御国にご奉公すべき時が来たのである。私は本日軍嘱託《しょくたく》となって司令部に移るように命ぜられた。諸君は、先生方とともに陸軍病院に動員されることになった。どうかひめゆり学徒の本領を発揮して、皇国のために戦ってもらいたい」（中略）

終わるのを待って、私は出発を命じた。一高女新垣《あらがき》教官の「前へ進め！」の号令で一高女隊の第一歩が踏み出された。「行ってまいります」「気をつけてね」「お母さんも元気でね」と、見送りの父兄と最後の別れを交わして通用門から次々と出て行った。時すでに二十四日の深更《しんこう》、やがて二十五日を迎えようとする真夜中であった。

南風原《はえばる》についてからも、近傍から父兄に送られたり、友人同士誘い合ったりして駆けつける生徒が絶えなかった。（中略）ひめゆり隊員は師範約百五十名、一高女約五十名、計二百名に達していた。

証言

うじ虫だらけの傷口

陸軍病院のある南風原《はえばる》の黄金森《こがねもり》は、首里《しゅり》から南東へ約六キロの場所にありました。

私たちひめゆり学徒隊員は、軍の関係者から「南風原陸軍病院は沖縄で最大の病院だ」と説明を受けていたので、赤十字の旗を掲げた最新設備の立派な病院を想像していました。

しかし、そこにあったのは、小高い丘に掘られた大小三十余りの壕《ごう》と、数棟の三角兵舎だけ。その壕に、第一から第三までの外科が振り分けられていました。二段ベッドをずらりと並べ、百人ほどを収容している壕もあれば、地面にただ板を敷いて、そ

南風原の黄金森。与那覇さんが勤務した第14号壕は、写真中央辺りにあった

の上にけが人を寝かせただけの粗末な壕もありました。また、掘りかけの壕もあり、入院患者が少ないうちは壕を掘り広げる作業などもやりました。

ところが、四月に入って地上戦が激しくなると、けがをした兵隊さんがどんどん送られてくるので、治療や看護に忙しくなり、壕を掘っている時間はなくなりました。

軍の病院なので、民間人は一切入れません。やって来るのは、手足を無くしたり、全身に大やけどを負ったりしている重傷の兵隊さんばかりです。

動員されたとき予科三年生だった私は、

一年先輩の上地貞子《うえちさだこ》さんとともに第一外科第十四号壕へ配属されました。第十四号壕は、第一外科の中で最も小さい壕で、幅と高さは約百八十センチ、奥行きは二十メートルほどしかありません。当初の計画では、もっと奥まで掘り進み、ほかの壕とつなぐ予定だったそうですが、工事が終わらないうちに米軍の上陸作戦が始まり、次々と負傷兵が運び込まれるようになりました。

貫通していない壕ですから、奥のほうで作業をしていると、炭酸ガスや熱気がたまって息苦しくなってきます。すると、私と貞子さんは軍から支給された上着を脱ぎ、景気づけに歌を歌いながら、服をグルグルと振り回すのです。空気の流れをつくって換気をするためです。それでも十分に換気ができないので、時折、貞子さんと壕の入り口まで行って深呼吸をしました。

「ああ、そよ風が気持ちいいわ」

「空気がおいしいわね」

そんなことを話しながら、指示された作業をしていました。

私たちの壕では、壁際に板が敷かれていて、二十人ほどの負傷した兵隊さんが寝かされていました。照明は、支給されたカンテラが二つあるだけ。薬も医療器具もありません。軍医さんも看護婦さんも、なぜか私たちの壕には来てくれませんでした。仕方なく、貞子さんと二人で兵隊さんの身の回りの世話をしていました。

「女学生さん、痛いよ、痛いよ」

大きな体をした兵隊さんが、子供のように痛がっています。

「どうしたんですか？」

「包帯を解いて傷口を見てくれ。痛くてたまらないんだ」

看護婦の資格を持っていない私たちは、勝手に包帯を解いたり巻き直したりしてはいけないと言われていましたが、軍医さんも看護婦さんもいないので、仕方ありません。言われるまま、べったりと血膿《ちうみ》の付いた包帯を外しました。すると、血まみれの傷口に小さな白いものが、爪楊枝《つまようじ》の束を上から見たようにびっしりと埋まって、もぞもぞ動いているではありませんか。

「兵隊さん、これ何ですか？」

「うじ虫だよ。女学生さん、取ってくれ」

「分かりました。ちょっと待ってくださいね、すぐに取りますから」

しかし、手当てをしたくてもピンセットがないのです。ピンセットの代わりに使えそうなものを探していると、木の枝が二本落ちていました。それを割りばしのように持って、一匹ずつ取り除いていくのです。

うじ虫を取り終わっても、傷口を消毒する薬も、新しい包帯もありません。血膿がかたまってごわごわした包帯を巻き直すことしかできないのです。

「これが〝沖縄で最大の病院〟だなんて……」と、腹立たしい思いになりました。

「兵隊さん、すみません。薬も新しい包帯もないんです」

「いいんだよ、ありがとう。おかげで気持ち良くなったよ」

やがて兵隊さんは、満足そうな顔で眠りに就《つ》きました。ですが、その人だけで終わりではありません。「女学生さん、こっちも頼む」と次々に声がかかり、私と貞子さんは壕の中を行ったり来たりしました。

艦砲射撃がやんでいる時間帯は、壕の中はとても静かです。そんなとき、ギィギィという形容しがたい音があちこちから聞こえてきます。最初は何の音か分からなかったのですが、それは、うじ虫が肉を噛《か》む音でした。

ほとんどの兵隊さんは重傷患者で、自力では起き上がれませんから、排泄《はいせつ》も私たちが手伝いました。大便のときは、近くの兵隊さんが手伝っていましたが、小便のときは、尿器として使っていた空き缶を持っていって手渡すのです。片手がない人などは、用を足している間、私たちが缶を支えてあげました。

糞尿《ふんにょう》は壕内の一カ所に溜《た》めておいて、夕方に外へ捨てに行きました。夕方と夜明け前、米軍の艦砲攻撃がしばらくやむ時間帯があったのです。そのわずかな間に、糞尿の始末だけでなく、水汲《く》みや「飯上げ」（食料の運搬）をしなくてはなりません。

なかでも、飯上げと水汲みは命がけでした。炊事場と井戸は、近くの集落のものを軍が接収して使っており、黄金森の小高い丘を越え、およそ五百メートルもの山道を駆け抜けなければなりません。上空には、私たちが「トンボ」と呼んでいた米軍の偵察機が常に旋回しています。この偵察機に見つかると、沖合の艦隊に無線連絡が入り、すぐに艦砲が飛んでくるのです。間近に砲弾が落ちてくることも珍しくなく、壕から出るときは、いつも「無事に帰れるかしら……」と不安でした。

極限状況の中で

飯上げでは、貞子さんと二人で天秤棒《てんびんぼう》に一斗桶《おけ》を提《さ》げて担ぎ、炊事場まで走りました。炊事場に着くと、「十四号壕、二十人分お願いします！」と伝え、大きなしゃもじでご飯を詰めてもらうのです。

ご飯は七分搗《つ》きの米で、塩が少し混ぜてあったように思います。それを一斗桶に八分目くらいまで詰めてもらうと、急いで壕へ戻り、おにぎりを作りました。一人分はソフトボール大の一個。あとは水だけです。それらを兵隊さん一人ひとりに配ると、子供のように目をキラキラさせて、「女学生さん、ありがとう」「ああ、うまい」と喜んでくれました。

でも、戦争が進むにつれて、支給されるご飯の量は減っていきました。最初は桶に八分目まで入っていたご飯が、そのうち六分目になり、最後は半分以下になりました。おにぎりも少しずつ小さくなっていき、一人分がピンポン玉大の一個になりました。

飯上げの道。学徒隊員は朝夕２回、飯桶を提げた天秤棒を担いで山道を往復した

水汲みは命がけの作業でしたが、私は水汲みにやりがいを感じていました。死期が迫り、水を飲みたがる兵隊さんがたくさんいたからです。「ご飯をたくさん食べさせてあげられないのなら、せめてお水くらいは心ゆくまで飲んでもらいたい」と思って

いました。

壕内の兵隊さんは次々と亡くなりました。毎日のように息を引き取っていく兵隊さんを、担架《たんか》に乗せて外へ運び出し、埋葬するのも、私たち学徒隊員の仕事でした。

「どこがいいかしら」

「大きい穴がいいよね」

「ちゃんと埋めてあげないと、かわいそうだものね」

貞子さんとそんなやりとりをしながら大急ぎで穴を探し、遺体を入れて土をかぶせるのです。壕の近くには数メートル置きに艦砲の着弾痕《ちゃくだんこん》があったので、お一人ずつ埋葬させていただきました。

夜になると、第一号壕の手術場で治療を終えた兵隊さんが各壕へ運ばれてくるので、ベッドが空くことはありませんでした。それどころか、壕の入り口で待たされる人さえいました。そして、兵隊さんが亡くなると、遺体を運んで新しい兵隊さんを寝かせることの繰り返しでした。

最初のころは、兵隊さんが亡くなるたびに「かわいそうに……」と思っていたのですが、これが毎日のことになると、そんな感傷に浸っている余裕はなくなりました。

「ああ、この人も亡くなってしまった。早く埋葬して、次の兵隊さんを寝かせてあげないと」と、いつも急《せ》き立てられているような気持ちでいました。

壕の入り口付近に、小さな木箱が一つ置いてありました。疲れたり、眠くなったりしたとき、そこに座って休むのです。でも、小さい箱ですから、二人一緒に座ることはできません。

「ももちゃん、座って休みなさいよ」

「貞子さんこそ座ってください。私は〝立ち寝〟ができますから」

そう言って、私は壕の支柱につかまって立ったまま寝ていました。そのうち足から力が抜けて、スルスルと体が滑り落ちると目が覚めるのです。

「女学生さん、尿器を頼みます」

「水を下さい」

私たちが寝ている間にも、兵隊さんから声がかかります。まともに眠れるのは、一日にほんの十分程度だったのではないでしょうか。足を伸ばしてゆっくり寝るなんて、とても考えられない極限状況でした。

第三章　仲間の悲劇

資料

西平英夫著『ひめゆりの塔　学徒隊長の手記』
「南風原陸軍病院」より

夜になって、わが特攻隊の来援を見ることが出来た。それまで地上に加えられていた艦砲射撃がうそのようにやんで、ドドドドッ、ドドドドドッ、と鳴り渡る敵の対空砲火にとび出して見ると、南の空は幾百幾千の花火が一時に打ち上げられたように燃えていた。サーチライトが無数の光芒《こうぼう》を投げて特攻隊を追いかけている。「しっかり！　成功してくれ！　頼む！」と手に汗を握って成功を祈ったが、激しい対空砲火に一機また一機と火を吹いて突込《つっこ》んでいった。対空砲火のやんだ時は、皆茫然《ぼうぜん》として立ちつくしていた。火の束のような対空砲火に従容《しょうよう》としてとび込んで行く特攻隊の悲壮な姿がいつまでも脳裏に浮かんで消えなかった。成功したのかし……………………

なかったのか、初めてのわれわれには判断がつきかねた。しかし遠く本土から飛来した特攻機のことを思うと、今さらながら沖縄作戦が国の運命をかけた大決戦であることを強く感ずるのであった。

証言

艦砲の直撃を受け

南風原《はえばる》陸軍病院に来てから、四十日目くらいでしょうか。日本軍が米軍への反撃を開始したこともあって、爆撃や艦砲射撃は激しさを増していきました。壕《ごう》の近くにも頻繁に艦砲が落ちるので、外へ出るのはますます危険な状況になっていました。

朝の飯上げから壕に戻ってくると、ヘトヘトになります。おにぎりを作る前にひと休みしようと、貞子さんと私は、壕の入り口で外の空気を吸っていました。すると、壕の奥から一人の兵隊さんがやって来ました。

「女学生さん、ご苦労さんだね」

　その兵隊さんは、前夜に壕へ送られてきたばかりの人でした。ほかの人より軽傷で、自力で歩くこともできました。

「兵隊さん、すみません。ちょっと休ませてくださいね。すぐにおにぎりを作りますから」

「ああ、構わないよ。それより、ほら見てくれよ。もう、こんなふうに跳ねることもできるんだ。明日には中隊に戻れそうだよ」

　その兵隊さんは、私たちの目の前でピョンピョンと飛び跳ねてみせました。

　第十四号壕へ送られてくる兵隊さんのほとんどは、そのまま壕内で死んでいきます。けがが治って部隊に戻る兵隊さんはほとんどいませんから、私たちは本当にうれしい気持ちになりました。

「兵隊さん、よかったですね。また、沖縄を守ってください」

　そんなやりとりをしていたとき、隣の壕から看護婦さんがやって来ました。

係の案内で、南風原陸軍病院壕跡に入った与那覇さん

「伝令！」

看護婦さんは連絡事項の書いてある紙を、私と貞子さんに読ませました。私たちが読み終わると、看護婦さんは私に、「上地さん、隣に持っていって」と命じました。

「承知しました」

隣の第十三号壕までの距離は二十メートルほどです。上空では、偵察機が旋回飛行を続けていました。偵察機に見つからないよう、壕の外壁に体を張りつけるようにして、ゆっくりと隣の壕まで行きました。

「伝令！」

壕に入ると、大声で呼びかけました。十

三号壕で勤務する仲間が六人出てきたので、私は紙を見せました。用件が済み、自分の壕に戻ろうと思った矢先のことです。

ズドーンッ!

爆弾の落ちた大きな音がしました。

「わっ、ずいぶん大きな音だわ」

「大きな爆弾が近くに落ちたね」

仲間や近くで寝ていた兵隊さんが、口々にそう言います。私は自分の壕が無事かどうか心配になり、すぐに十四号壕へ走りました。外壁伝いにゆっくり移動するようなゆとりはありません。

「えっ、壕がない!　入り口がない!」

ついさっき、私の出てきた壕が直撃弾を受けて崩れ、すっかり埋まっていたのです。

私は入り口のあった辺りをトントン、トントンと必死で叩《たた》きました。

「貞子さん、開けてちょうだい。開けてちょうだいよ!」

あちこちトントントンと叩き続けていると、そのうち、土がぼろっと崩れる場所がありました。手でかき分けると、ぽっかり穴が開きました。自分の体が通れるだけの穴を掘り広げて、壕の中に入りました。

壕内にあった明かりは消え、真っ暗で何も見えません。目を凝らして中に入ると、何かグニャッとしたものが足にぶつかりました。少しずつ目が慣れてきて、周囲の様子がおぼろげに分かるようになって、私はその光景に震え上がりました。

頭や手足を吹き飛ばされ、胴体だけになった兵隊さんが転がっていたのです。

「明日には中隊に戻れそうだよ」

そう言って、私の目の前でピョンピョンと飛び跳ねたあの兵隊さんでした。

壕の中には、むせ返るような血のにおいが充満していました。

「貞子さん、貞子さん！　どこにいるの！　返事をしてちょうだい！」

呼びかけながら奥へ進むのですが、返事どころか、シーンと静まり返って物音ひとつ聞こえません。

「貞子さん、貞子さん！」

壕の一番奥まで来ました。奥の壁際に何かが寄りかかっていました。それは女物の服を着た、人間の胴体でした。

「あっ、貞子さん！」

すぐに分かりました。貞子さんの隣には、伝令のためにやって来た看護婦さんが、こちらも胴体だけの変わり果てた姿で横たわっていました。

ついさっきまで「そよ風が気持ちいいね」と、壕の入り口で話していた貞子さん。「私がやるから、あなたは休んでていいよ」と、兵隊さんのお世話を代わってくれた貞子さん。あの優しかった貞子さんが、こんなにむごい姿になってしまった――。

「貞子さーん！」

私はその場でワアワア泣きました。泣きながら、壕に収容されていた兵隊さんたちのことを思い出しました。辺りをじっくり見回すと、壁際に寝かされていた兵隊さんたちは、頭が割れていたり、お腹《なか》が裂けていたりと、見るも無残な姿で、生きている

南風原陸軍病院壕地図
（ひめゆり平和祈念資料館発行『沖縄戦の全学徒隊』より）

人は一人もいませんでした。

恐ろしくなった私は、壕を飛び出して本部壕へ駆け込みました。そこには西平先生と岸本幸安《きしもとこうあん》先生がおられたので、

「先生、私たちの壕が艦砲の直撃を受けました」

と報告しました。

二人の先生は、すぐに壕へ向かいましたが、やがて岸本先生は「とても見ていられない。気分が悪くなった」と戻ってこられました。

資料

西平英夫著『ひめゆりの塔　学徒隊長の手記』「弾雨下の青春」より

五月四日には病院が猛烈な艦砲を受けて、次々に壕が破壊された。そしてまたしても第一外科がその集中攻撃を受けて、生徒上地貞子と嘉数《かかず》ヤスが犠牲になった。

上地貞子は元師範一高女のはいっていた二十四号壕（十四号壕の誤りと思われる＝編集部注）にいたが、この壕は東のほう与那原《よなばる》に向かって開口していたためにその方面からの艦砲が入口に撃ち込まれそこで炸裂《さくれつ》し、付近の者が十四、五人ともにふきとばされたのであった。

正午すぎ二十四号が艦砲にやられ、上地が戦死したとの知らせを受けて、私は岸本君（その時は本部付であった）と生徒二名をつれて、二十四号に駆けつけたのであるが、その光景は鬼気迫るものであった。掩体《えんたい》（壕の入り口に施していた砲弾や爆風よけの土提＝編集部注）が吹きとばされ硝煙に付近が黒ずんでいるほかは、外観はあまり変わらなかったが、一歩壕内にはいると無惨《むざん》な死体が破壊された寝台に散乱していた。頭部を飛ばされ胴体だけとなった二つの女体が横たわっていたが、どれが上地であるか見分けもつかない状態であった。残っている寝台の一端には脳天に穴をあけられた兵隊が寝たままの姿勢で死んでいた。壕壁は血と肉でいろどられところどころ脳みそと思われるものが散乱していた。上地の頭部を捜したが粉砕されてしまったのかついに見つけ出すことが出来なかった。その瞬間を物語る者はだれ一人としてなく、ただ奥のほうから重傷患者のうめき声だけが無気味に死の静寂を破って伝わっていた。第一外科からはだれも来ていないので伝令を出して連絡してみると、さらに別の壕がやられ嘉数が埋まっているので皆そちらに行ってでだれもいないということであった。私は、仕方なく遺髪の代わりに爪《つめ》を取って、連絡のため隣りの壕に行ってみると、渡嘉敷《とかしき》や狩俣《かりまた》がいて当時の砲撃の激しさを物語って

くれた。岸本君が気分が悪くなったと言うのでそこに残して、私は嘉数の埋まっている壕に向かった。（中略）

嘉数ヤスのいたのは南方に面した壕で被覆は入口のほうでは三メートルくらいしかない危《あぶな》い壕であった。その朝、あまりの息苦しさにどうしても入口のほうへ行きたいと言う患者（将校）をつれて学友佐和田《さわだ》とともに入口の席に腰かけている所をやられ、同時に生き埋めとなったのであった。急を聞いて駆けつけた仲宗根《なかそね》君と付近の兵隊と協力して掘り出したが、幸いなことに坑木の隙間に顔を向けていた佐和田は無事に救出されたが将校はすでに死し、嘉数は最も深く埋まり、その頭を見る所まで掘ったがすでにこときれていた。

証言

泣き疲れて

本部壕を出てから、どこをどう歩いたのか、よく覚えていません。友達の勤務している壕を次から次へと渡り歩いて、最後に入ったのが、第一外科の上原《うえはら》貴美子《きみこ》看護婦長が勤務している壕でした。

「婦長さん、私たちの壕が艦砲の直撃を受けました。みんな死んでしまいました」

そう報告すると、上原婦長が言いました。

「……上地さん、これが戦争だよ。人間のいのちって、紙一重だね」

そう言われた瞬間、貞子さんの変わり果てた姿を思い出しました。次は自分の番かもしれない。私もあんなふうに死んでしまうのかしら。人間のいのちって、こんなにはかないものだったのかしら……。そう思うと、全身がガタガタ震えて止まらなくなりました。

「上地さん、疲れたでしょう。私のベッドに横になっていいわよ」

上原婦長は、私を抱きかかえるようにして、自分の使っているベッドへ連れていってくださいました。

「大変だったわね。あなたの壕は寝る場所もなかったんだってね。しばらく、ゆっくり休みなさい」

毛布を掛けてもらって横になると、私はワアワアと声を上げて泣きました。陸軍病院に来てから、大泣きに泣いたのはこれが初めてでした。

「それにしても、かわいそうな貞子さん。せめて一回でもいい、こんなふうに横になって、手足を伸ばして休ませてあげたかった。ぐっすり寝かせてあげたかった……」

涙が涸《か》れるほど泣いていたのですが、そのうち泣き疲れたのか、夕方までぐっすり寝てしまいました。

目を覚ますと、上原婦長は桃の缶詰を開けて、枕元に置いてくださいました。

「お腹《なか》すいたでしょう。あなたの壕は、食べる物もままならなかったそうね。これをお上がりなさい」

久しぶりに食べた、甘い桃の味でした。貞子さんにも食べさせてあげたかった――そう思うと、また涙があふれてきました。

「おいしい……」

貞子さんを失って、心にぽっかり穴があいたようになっていた私ですが、上原婦長の優しさにふれて、「これから何か心配事があったら、婦長さんに相談すればいいんだ」と思い、少し立ち直ることができました。

しばらくして、仲宗根先生が私を呼びに来られました。

「上地貞子を埋葬するから、上地も来てくれ」

貞子さんの遺体は、土手に空いた穴に毛布を掛けて横たえられていました。二年上級の渡嘉敷良子《よしこ》さんが、どこからか白百合《しらゆり》を一輪摘《つ》んできて、貞子さんの亡骸《なきがら》に手向《たむ》けていました。

【コラム③】 渡嘉敷良子の負傷

上地貞子が死亡した翌日、渡嘉敷良子は至近弾の破片を足に受けて負傷した。第十四号壕で被弾した死者を埋葬し、自分の壕に戻る途中のことだった。

「わずか四、五間《けん》の所を往復している間の出来事である。私はその傷があさく元気でいると聞いて一応安心していた。後で私が見舞った時も軍や学友の手厚い看護を受けて『じきになおります』と元気に語っていたのであるが、この渡嘉敷が後日悲劇の人物となったのである」（西平英夫著『ひめゆりの塔　学徒隊長の手記』雄山閣より）

第四章　父との再会

証言

地獄絵の兵器廠壕

貞子さんが亡くなったことに、いつまでも打ちひしがれてはいられませんでした。軍医さんと看護婦さんに連れられ、私を含めた六人が新しい壕《ごう》で任に就《つ》きました。その壕は、もともと陸軍の兵器庫だったことから、「兵器廠《しょう》壕」と呼ばれていました。とても大きくて、入り口と出口が別々にある貫通壕です。第十四号壕のように入り口と出口が同じ壕では、空気の抜けが悪くて息苦しくなるし、逃げ道も限られます。

「ああ、立派な壕だわ。ここなら安全ね」

そう思ったのも、つかの間でした。壕の中には、たくさんのキビガラ（サトウキビの食べかす）が捨ててあり、酸《す》っぱいにおいが立ち込めていたのです。そして、ベッドはもとより、通路のキビガラの上にも、泥だらけの毛布をかぶった重傷者がひしめき合って寝かされていたのです。

入り口近くに寝ていた兵隊さんは、手足も顔も全部、包帯でぐるぐる巻きにされ、鼻と口のところだけ隙間《すきま》が開いていました。その兵隊さんが、時折「ふっ、ふっ」と息を吐くのです。「この人、何をやっているのかしら？」と思い、よく見ると、唇《くちびる》の辺りにうじ虫がたかっていました。手を動かせないので、口の中にうじ虫が入ってこないよう、息で吹き飛ばしていたのです。ここでも、ほとんどの兵隊さんが身動きできない重傷患者でした。

私は、近くに寝ていた兵隊さんに尋ねました。

「兵隊さん、こんなにたくさんのキビガラ、いったいどうしたのですか？」

「ここに入れられて一週間になるが、医者も看護婦も衛生兵も、誰《だれ》も来てくれない。飢えて死ぬくらいなら、艦砲に当たってもいいからと、近くの畑へ行ってサトウキビを取ってきては、みんなでかじっていたんだ」

「そうだったんですか。私たちは学徒隊の者です。今日から皆さんのお世話をいたします。水も汲《く》んできます。ご飯も運んできます」

そう言うと、別の兵隊さんが蚊の鳴くような声で私たちを呼びました。

「女学生さん、女学生さん、水ちょうだい」

「分かりました。すぐに持っていきますからね」

私たち六人は水汲み、飯上げ、壕内掃除の三組に分かれて、作業に取りかかりました。

私は壕内の掃除を担当しました。キビガラは、壕の地面から三〇センチほどの高さまで積もっていました。キビガラを全部外へ運び出すだけで、丸二日かかりました。

私は軍医さんと看護婦さんに連れられて、ここに来たのだから、収容されている人たち全員が治療してもらえるはず、十四号壕のように見捨てられることはないと信じて、一生懸命にお世話をしました。けれども、壕の掃除を始めてしばらく経《た》ち、ふと気がついたら、軍医さんも看護婦さんもいなくなってしまいました。

私は上級生に尋ねました。

「あら、軍医さんと看護婦さんはどうしたんですか？」

「さっさと帰ったわよ。治療、終わったんだもん」

「えっ。百人も重傷者がいるのに、もう治療が終わったんですか？」

「ええ、やったんでしょうね」

兵器廠壕に収容されていた兵隊さんは、手足を失った人や、顔の一部を砲弾で吹き飛ばされて包帯でぐるぐる巻きにされた人など、本当にひどい傷を負った患者さんばかりです。だから、そんなに早く治療が終わるはずはありません。私はてっきり、軍医さんや看護婦さんが付きっきりで手当てをしてくれていると思い込んでいたので、途方に暮れてしまいました。

「私たちだけで大丈夫でしょうか……」

「いいじゃないの。やっていた通りにすればいいのよ。いままでだって、軍医さんも看護婦さんも来なかったんだから」

「そうですか。仕方ないですね」

　上級生の言葉に、それ以上は何も言えませんでした。


　壕内の掃除が終わったら、今度は遺体運びです。壕内には、十数人の亡骸《なきがら》が横たわっていました。何日も放《ほ》ったらかしにされていたのでしょう。髪の毛はタワシみたいにツンツンと立ち、体はガスでパンパンにふくれ上がっている、そんな遺体を担架《たんか》に乗せて運び出すのです。

　十四号壕で死者が出たときは、一人ひとり穴に埋葬していました。でも兵器廠壕では、一度に何人もの遺体を運び出さなくてはいけません。また、艦砲もどんどん飛んでくるので、一人ずつ丁重に埋葬している時間はありません。大きな穴にまとめて遺体を埋めるしか方法はありませんでした。

　南風原陸軍病院に来て四十日余り。私たち学徒隊員はほとんど寝ていませんし、ご飯も満足に食べていません。そのころ、私はかなり体が弱っていて、足がふらついていました。でも、私だけがつらい思いをしているわけではない。やらなければいけない仕事はたくさんある。だから、泣きごとは一切言いませんでした。

資料

西平英夫著『ひめゆりの塔　学徒隊長の手記』「文部大臣の激電『決死敢闘』」より

重患には水を欲する者が多かった。「水をください」の声には生徒たちは思わず眉《まゆ》をひそめた。「水は飲んではいけません。傷口が悪化します。すぐよくなりますから辛抱してください」と必死になってなだめる。しかし死期の近づいている患者にはどうしても水を飲ませてやらなければならない。生徒たちはよくそれを見わけて行動するようになっていた。そのためには時には弾雨をおかして水を汲《く》みに出ることもあった。（中略）

敵の攻撃の中断するのは決まって朝夕のほんの三、四分であったが、その時にはどの壕からも水筒を五つも六つも肩にかけた生徒が水を汲みに井戸に集まってい

た。（中略）

　またこの時にはどの壕からも担架をかついで四報《しほう》患者（死亡者）〔軍隊用語。一《いっ》報《ぽう》＝軽傷、二報《にほう》＝重傷、三報《さんぽう》＝危篤《きとく》〕を運び出していた。せっかくよくなりかけた傷も栄養不足のために衰弱して骨ばかりになって音もなく死んでいく患者もあれば、昨日まで元気で第一線に早く出たいと言っていた患者がガスえそのため、翌日は傷口が風船のようにふくれ上がって死にいたる。破傷風のためしきりに苦痛を訴えながら全身をけいれんさせながら死んでいく者など、多い時には一つの壕に五、六人も四報患者が出る。それらの中には作業中に知り合った兵隊や、郷里の知人もあれば時には彼女らの幼な友だちさえ交じっていた。しかし朝夕のわずかな空襲のあい間に埋葬するのだから、埋葬といっても穴を掘って埋めるのが精いっぱいで、二、三間《げん》おきにある弾痕《だんこん》にくずれた坂道を運ぶことが、すでに大きな苦労であった。墓標などはいつの間にか立てられなくなり、終《おわ》りには昨日の塚が再び弾雨を受けて今日の墓穴になるようなありさまであった。

彼女らの仕事はそれだけではなかった。毎朝夜明けにかけて、壕内にいる全員のために「飯あげ」をしなければならなかった。それは山の三方から炊事壕まで、艦砲がしきりに落下する中を、掘り崩された坂道を往復して重い飯を運ぶのである。たいていは兵隊に伴われて出るのだが、要領のよい兵隊にごまかされて配当が少なかったり、至近弾をあびて土砂が交じったりすることが常であった。雨の降る日、すべる坂道を越えて、艦砲をさけながら無事に運搬することは、困難を極めたものである。もし間違ってひっくり返しでもすれば全員の食事は断念せねばならないので、彼女らはころんでも桶《おけ》だけはしっかりと抱えていた。壕内にいる者はそんな苦労を知らないで、配られた握り飯が小さいとか土がまじっているとか勝手なことを言う。

証言

小さくなった父

五月十八日の夕暮れ時でした。

私が遺体を埋めていたら、目の前に男の人がやって来ました。私はうつむいた状態でスコップを使っていたので、誰だろうと思って顔を上げました。

そこに立っていたのは、父でした。

「お父さん、よくここが分かりましたね！」

「ももちゃん、元気だったかい」

恰幅《かっぷく》の良かった父がすっかり痩《や》せて、ひと回り小さくなったように見えました。

「お父さん、ここは危ないから、私の壕へ行きましょう」

そう言って、兵器廠壕へ父を連れていきました。

父は、私が学徒隊に入ってからの家の出来事を詳しく話してくれました。北玉《きたたま》小学校へ赴任していた初子姉さんが、首里《しゅり》に戻ってきたこと。近所の人たち十三人を連れて、この近くまで逃げてきたこと……。

「姉さんたちが百子にと、これを持たせてくれたんだよ」

父が差し出した袋の中には、黒砂糖や、炒《い》った大豆に砂糖をまぶしたお菓子、下着や肌着、制服、手紙、写真などが入っていました。人がバタバタと死んでいくこの戦場で、姉たちの温《ぬく》もりや優しさを感じて、胸が熱くなりました。

しばらく話をした後、父は言いにくそうに尋ねました。

「実は、父さんたちの入る壕がないんだ。陸軍病院の壕に入れてもらえないだろうか……」

私は、このときほどつらい気持ちになったことはありません。那覇《なは》や首里から逃げてきた人が「壕に入れてください」と言ってくるたびに、兵隊さんたちが「ここは軍のものだ！」と追い返すのを何度も目の当たりにしてきました。また、陸軍病院の病院長からも「ここは陸軍の施設だから、民間人や避難民は絶対に入れてはいけない」と、きつく申し渡されていたのです。

ある先生からは、こんな話も聞かされていました。

「軍の中には、私たちのことを〝米食い虫〟と呼んでいる人もいるんだ」

看護要員の学徒隊でさえ邪魔者扱いされているのに、家族を入れるなんて、許されるはずがありません。

「お父さん……。申し訳ないけれど、病院長から『民間人は絶対に入れるな』と厳しく言われているのです」

気持ちを押し殺して、そう言うことしかできません。父はがっくりと肩を落として、小さくうなずきました。

「そうか……。心配しなくていいよ。軍隊のやることは、そんなものだ。みんなが待っているから、暗くならないうちに帰るよ」

　そう言って立ち上がった父の背中は、とても寂しそうでした。

「じゃあ、ももちゃん、気をつけてね」

　すっかり小さくなってしまった父の背中が、少しずつ遠ざかっていきます。せっかく私を捜しに来てくれた父を、追い返してしまった。そのことへの申し訳ない気持ちが込み上げてきて、私は泣きながら父の後を追いかけました。

「お父さん、私も一緒に行きます。姉さんたちのところへ連れていってください！」

　それからしばらく父についていきました。しかし、少しずつ冷静になってくると、傷ついた兵隊さんを看護する学徒隊員としての責任感が募ってきます。

　私は何をやらなきゃいけないの？　私だけ出ていったら、壕に残っている仲間たちはどうなるの？　私は学徒隊の一員なんだ。みんなと行動を共にしなくては——そう気持ちが変わって、足を止めました。

「お父さん、ごめんなさい。やっぱり私、帰ります」

先を歩いている父に、そう声をかけて壕に戻りました。壕では、衛生兵長が巡回に来ていました。

「兵長殿、実は、さっき私の父が来て、『入る壕がないから入れてくれないだろうか』と言ってきたのです。でも、病院長が民間人を入れるなとおっしゃっていたので、そのように伝えました」

「なに、そうだったのか。入ってもらえばよかったのに。いいよ、呼んでおいで」

「いいんですか！」

思ってもみなかった言葉に、私は天にも昇る気持ちになりました。

「じゃあ、私、連れてきます！」

日が沈んですっかり暗くなった畑のあぜ道を、私は一目散に走りました。

「お父さん、お父さーん、戻ってきてくださーい」

何度も叫びながら父を捜しました。でも、父は戻ってきません。私の声が聞こえなかったのか、私の声が聞こえていても、自分たちが壕に入ることで娘に迷惑がかかると思ったのかもしれません。

それでも父と再会できたことで、私は希望を持つことができました。父も姉たちも近くにいる。狭い沖縄のことだから、きっとまた会える。そうしたら、今度こそ学徒隊から抜けて、みんなと一緒に行動しよう。そのことを夢に見ながら、仕事に励みました。

でも、これが父と会った最後でした。

父の寂しそうな顔は、いまでも忘れられません。

第五章　南部への撤退

証言

仲間を置き去りに

父と再会して数日が過ぎた、五月二十四日のことでした。

壕内がざわざわしているので外へ目をやると、数百メートル離れた丘の上で、米軍の兵士たちが作業をしているのが肉眼で見えました。このころ、日本軍はどんどん追い詰められていたので、兵隊さんも沖縄の人たちも、日中はずっと隠れていました。白昼堂々と作業をしているのは、米軍の兵士しかいません。

「ああ、こんなところまで敵が迫ってきた。ここも危ない」

そう思っていた矢先、翌二十五日に衛生兵が伝令にやって来ました。

「病院長からの命令だ。陸軍病院は南部へ撤退する」

突然の撤退命令に、誰《だれ》もが驚きました。

しばらくして、仲宗根《なかそね》先生もやって来ました。

「自力で歩ける者は南部へ撤退する。日没後、本部壕《ごう》前に集合。上地は、渡嘉敷《とかしき》と狩《かり》俣《また》を連れ出してやってくれ」

渡嘉敷良子さんは、私が第十四号壕にいたとき、隣の壕に配属されていました。貞子さんが亡くなった直後に負傷し、ずっと寝ていたのです。

狩俣キヨさんは二十五日の朝、壕に飛び込んできた砲弾の破片が膝《ひざ》に食い込み、歩けなくなっていました。

日が暮れてから、私は四人の仲間とともに、渡嘉敷さんと狩俣さんが寝ている壕へ担《たん》架《か》を持っていきました。渡嘉敷さんの体を抱えて起こそうとすると、「痛い、さわらないで！」と大声を上げます。でも、手を離すと「放っていかないで。私も一緒に連れていって！」と泣くのです。

「どうすればいいの……」

私は本当に困り果ててしまいました。

「狩俣さん、傷はそんなに深くないから、一緒に行きましょうね。担架に乗せて、連れていってあげますからね」

そう声をかけたのですが、彼女は静かに首を振りました。

「私はもうだめよ。とてもじゃないけど、ついていけない。このままでいいよ」

破片が刺さった膝からは、ずっと血が流れていました。

早く渡嘉敷さんと狩俣さんを伴って本部壕へ行かなくちゃいけないのに、二人とも、とても連れ出せるような状態ではありませんでした。

この陸軍病院には、二千人から三千人くらいの負傷兵が収容されていました。そのうち自力で歩ける人は、一割か二割だったでしょうか。ほとんどの人は立ち上がることさえできません。そういった兵隊さんたちをどうするのか、私は心配でした。

ふと壕の奥を見ると、衛生兵がこちらから見えないように、体を盾《たて》にして何か作業をしています。バケツのようなものに液体を入れ、ひしゃくでかき混ぜているようでした。私は近くにいた兵隊さんに尋ねました。

「あれは何をしているのですか?」

「自決用の青酸カリを、ミルクに混ぜているんだ。自力で歩けない者に配るんだろう」

「そうなんですか……」

昭和十六年、当時の陸軍大臣・東條英機《とうじょうひでき》の名で告示された「戦陣訓《せんじんくん》」の中に、「生きて虜囚《りょしゅう》の辱《はずかしめ》を受けず」という一節があります。けがをして戦えない者は、敵に日本軍の情報を漏《も》らさないよう、青酸カリを飲んで死ねということなのでしょう。

「こんちくしょう、これが人間のすることか!」

枕元に青酸カリ入りのミルクを置かれたある兵隊さんは、大声で怒鳴っていました。

この日は、朝からずっと大雨が降っていました。片手片足になった一人の兵隊さんが、壕の入り口で空を見上げていました。雨がやんだら、みんなと一緒に脱出しようとしていたのです。

「こんなところで青酸カリを飲んで死んでたまるか。お母さんが待っている故郷へ、妻や子供が待つ故郷へ帰るんだ！」

たとえ片手片足になっても、なんとしても生きるんだという執念を感じて、人間は強いなあと思いました。

どれだけの人が、あの青酸カリ入りのミルクを飲んだのか、私には分かりません。しかし、たとえ脱出できたとしても、雨あられと降る砲弾の嵐の中で、最後まで生き延びるのは決して容易ではなかったでしょう。たとえ南部へ逃げることができたとしても、重傷者を収容する場所は一カ所もありませんから、脱出した人のほとんどが亡くなったんじゃないかと思います。

渡嘉敷さんと狩俣さんを担架に乗せて連れ出すことは、結局できませんでした。

「置いていかないで、私も連れていって！」

泣き叫ぶ渡嘉敷さんに、仲宗根先生は、

「防衛隊が連れ出してくれるから、ここで待っているんだ。きっと迎えに来るからな」

と話していました。

防衛隊は沖縄で召集された補助部隊で、兵役年齢を過ぎた人たちで構成されていました。自力で歩くのが困難な人を連れ出したり、撤退の援護をしたりするのが主な任務と聞かされていました。

「おまえたちは出ていくんだ。さあ、早く！」

仲宗根先生に促され、私たち学徒隊員は壕を出ようとします。すると、後ろから渡嘉敷さんの泣き声が聞こえるのです。

「いやだ、置いていかないで！　一緒に連れていって！」

後ろ髪を引かれる思いで、私たちは泣きながら壕を後にしました。

資料

西平英夫著『ひめゆりの塔　学徒隊長の手記』「恨みの転進」より

首里に命令受領で出頭していた病院長が帰って来た。命令は次のようなものであった。

「沖縄陸軍病院は五月二十八日までに山城《やまぐすく》地区に転進し二千名収容の陸軍病院を開設すべし」。それは五月二十五日の明け方のことであった。

軍のほうでは、「軽傷者は第一線に送り返す。独歩《どっぽ》患者は極力自力によって転進させる。重患は処置する」と決定された。処置の仕方としては薬物によるほかあるまいと話し合われ、飲まない者があっても飲んだことにしておくとのこと、また病院の自家患者は捨てておくのも情に忍びないから担送するとのことであった。

二十四日から降り出した雨は、この時いっそう激しくなり、南風原《はえばる》の丘にはすでに夕闇が迫っていた。丘に登って壕を捜していると、そこで偶然に中村少尉に出会った。少尉は偽装網を頭から被り、兵四、五人とともに丘の上に立っていた。どちらからともなく声をかけ合って近寄って行くと、少尉は南方の丘をさして、「敵が見えますよ」と教えてくれた。指さすかなたの丘には数名の敵兵がショベルをふって陣地を構築していた。

本部はわずかの間に大騒ぎになっていた。敵がすでに間近かに迫って来たので今夜のうちに転進しなければならない、第三外科は首里から下って来る部隊につれてすでに転進を開始したらしいと言うのであった。私はすぐに「本部は今夜八時出発する。病人はそれまでに本部前に集合」と伝令を出しておいて、準備にかかった。

そのうち八時になったのか、病院長が、「さあ出かけましょう」と壕を出られた。防召兵がやっと来たのですぐにわれわれも壕を出た。おりから雨はひとしお激しく降って、壕内も滝のように雨水が流れていた。本部前の坂道に石川と山城《やましろ》をかつぎ出して、病人の上に、さんさんと降りそそぐ雨を気にしながら、渡嘉敷の集合を待った。

いつの間にか軍は出発してしまって、あたりにはだれもいない。渡嘉敷がまだ来ないので防召兵と仲田《なかた》を最後の伝令に出してどうかして連れて来るように命じた。しかしその最後の望みを託した防召兵と仲田も「丘の向こうは機銃が激しく、当分は連絡のしようもなければ、たとえ連絡が出来ても病人をかつぎ出すようなことはとうていい出来ない」と言って、むなしく帰って来た。渡嘉敷を残して行くことは残念でならなかったが、あるいは仲宗根君のほうで救ってくれるかも知れないといち…………まつの希望をかけて、集合したこれらの生徒を担送することを決心するよりほかなかった。

証言

伊原への逃避行

南部へ撤退する道中は、とても厳しいものでした。

二十五日の深夜に出発して、現在「ひめゆりの塔」が建てられている伊原《いはら》（現在の糸満《いとまん》市伊原）まで歩くのです。

南風原から伊原までは十四キロほどの道のりですから、健康な人が真っすぐ歩けば数時間で到着するでしょう。でも、看護要員以外は、ほとんどが負傷兵です。それに艦砲が雨あられのように降ってくるので、なかなか前へ進めませんでした。

一番危なかったのは、道路の交差点でした。米軍は交差点を集中的に砲撃していたので、そこで砲弾に当たって亡くなる人がたくさんいました。

「ゆっくり、抜き足差し足で行け」

「それっ、走れっ！」

交差点では、西平先生や仲宗根先生が、艦砲の間隔をうかがいながら指示を出し、私たちはそれに従って行動しました。あちこちにたくさんの死体が横たわっていましたが、手を合わせる余裕もなく、ただひたすら前へ進むしかありません。

夜通し歩き続け、夜明け前に糸洲《いとす》（現在の糸満市糸洲）に着きました。ここには、私より一学年下の照屋文子《てるやふみこ》さんの実家がありました。みんな、そこで休ませてもらうことになりました。私は二階の納戸《なんど》に入れてもらいましたが、廊下や土間など至るところに人が雑魚寝《ざこね》をしていました。

夕方まで休んでいると、照屋さんの家族がお汁粉を作って振る舞ってくださいました。甘くておいしくて、お腹《なか》に染み込んでいくように感じました。

しかし、くつろいでいたのも、つかの間でした。

那覇から沖縄本島南部にかけての地図

「敵が来たぞ！　早く立ち去れ！」

日が暮れたころ、兵隊さんが伝令に来て、こう告げました。大慌てで照屋さんの家から出ました。

糸洲を出て、南東部の波平《なみひら》方面へ進み、みんなが入れる壕を探しました。仲宗根先生や同行していた衛生兵が壕を探している間、私たちは土手に身を寄せて隠れていました。立っているのがつらく、座り込んだまま、土手に背中をもたせかけて長い間待っていました。

ようやく見つかったのは、民間人が使っている手掘りの壕でした。そこに四十人くらい入りました。

陸軍病院の本部は、波平の南に位置する山城《やまぐすく》の丘に設置されました。現在「ひめゆりの塔」がある伊原の壕には、第三外科が入りました。

どの壕にも、衛生兵や軍医、看護婦と私たち看護要員だけ入ることができ、南風原からやって来た負傷兵は収容されませんでした。負傷兵が手当てを求めて壕へやって来ることもありましたが、私たちの壕には軍医さんも看護婦さんもおらず、薬もなかったので、治療などは全くできませんでした。

南風原にいたときは、毎日少量でも食事の支給がありました。しかし南部へ撤退してからは、一切ありませんでした。夜になると壕を出て、近くの畑や民家で食べ物を探しました。ところが芋畑もサトウキビ畑も、作物という作物は根こそぎ取り尽くされて、何も残っていません。数人でひと晩中探し回って、小指くらいの大きさの芋を二本ほど見つけるのが精いっぱいでした。

そんななか、私が楽しみにしていたのは水汲《く》みでした。壕と集落との間に泉が湧《わ》いていて、私は朝夕、水汲みに行きました。お腹には何も入っていない状態ですから、水だけが何よりのご馳走《ちそう》でした。そして、ほかの壕にいる友達と、つかの間、おしゃべりをすることもできます。それは楽しいひと時でした。もちろん、水を汲んで戻れば、みんなに喜んでもらえます。何度も水汲みに出かけるので、仲宗根先生に叱《しか》られたほどです。

「上地、水ばかり汲んでいてどうする。井戸で死んでも名誉とは言わんぞ」

「すみません。気をつけます」

そう謝りましたが、六月十八日に陸軍病院の解散命令が出るまで、私は水を汲み続けました。

第六章　解散命令

資料

西平英夫著『ひめゆりの塔　学徒隊長の手記』「紅に染まる『伊原野』」より

伊原野《いばるの》は沖縄最南端の摩文仁《まぶに》村の中央部にあって、北は摩文仁の丘が松林となって斜めに走り、南は山城《やまぐすく》の丘が横たわっている中を、やや東南部に傾斜して細長く続いている幅一キロメートル、長さ二キロメートルにも足りない平野であって、その中を一筋の小川が東に流れ、川口が珊瑚礁《さんごしょう》の洞窟《どうくつ》にもぐって、海岸の岩壁に開口しているという猫額《びょうがく》の地であった。

転進したころの伊原野は平穏なもので、集落もところどころ艦砲や爆撃でこわされていたが、住民も大部分家の中で寝起きしていた。畑には作物がみのり山々は緑に映えていた。六十日近い壕《ごう》生活に明け暮れした南風原《はえばる》にくらべると全く異なった世界に来たようなものであった。

こうした生きていることのよろこびを味わうにつけて思い出されるのは、南風原に残して来た渡嘉敷《とかしき》のことであった。「心配をかけてすみません。じきになおります」と寝台の上に横たわって治療を受けていた姿であった。一日、仲宗根《なかそね》君に当時の模様を詳しく聞くとともに、なんとか救出できないものかと相談をした。生別して来た仲宗根君の苦しみはなお私より大きいものがあった。背負い出そうとして用意までさせたが傷の痛みに耐えられない様子にどうすることも出来なかったこと、狩俣《かりまた》キヨも連れ出しに行った者が狙撃にあって負傷するような状況でとうとう連れ出せなかったことなど、当時の事情を涙とともに物語るのであった。

前線の急迫に伴って伊原野の平和も刻々失われていった。二十七日には早くもわれわれのあとをつけて来たように敵機が飛び、時折ではあるが砲弾も落下するようになった。集落にいた病院部隊も、「本部は何をしているか、おれたちの壕はどこだ」と叫ぶようになった。

伊原野には随所に壕の争奪戦が展開された。それは軍と軍、軍と民との間に起きた醜い戦いであった。伊原野には珊瑚礁が陥没して出来た大小様々の自然洞窟が至るところにあったが、それらは多く土地の者やここを最後として退避して来た住民でうずまっていた。それを容赦のない日本軍が一つずつ追い出して占有していった。

(中略)

病院のほうも、首脳部はあちらこちら手わけして洞窟を捜さねばならなかった。ようやくのことで話し合いがついて、六月の初めにそれぞれ山城を中心にした五か所に分散配置を完了することが出来た。本部は山城の集落の南端に続く松林にある、さざえの殻を土中に埋めたような形の自然壕で、およそ五、六十名収容することが出来た。

第一外科は元の波平《はんじゃ》の壕と本部から五百メートルくらい離れた畑の中にある二つの洞窟、一つは本部の壕に似た形で、他は湯タンポを埋めて上から注水口に通ずるように縦坑《たてこう》をあけた形の壕であった。そこには第一外科とあわせて糸数《いとかず》分室が収容された。第三外科はさらに百メートル離れた伊原《いはら》の松林の中にあって珊瑚礁が陥没して出来たつぼ形の洞窟で、中には中央に台があって、それを回っていくつものすき間があるという変わったものであった。そこへは識名《しきな》分室も収容された。第二外科は街道に沿って一キロメートルばかり離れ、むしろ糸満《いとまん》海岸に近い糸洲《いとす》にあった。しかしそれらに収容出来たのは要員だけであって、退避して来た患者の多くは、付近の集落や洞窟から治療に通って来るという状態であった。

南風原から運搬し得た食糧はわずかなものであったので、いつのまにか一日に一食に減っていた。それで幾度か国吉《くによし》や新垣《あらがき》にある米の運搬に挺身《ていしん》した。重い米袋は持てないので生徒はモンペの底を結び袋代わりにして肩にかけて運搬した。それも危険のため中止しなければならなくなると、不足を補うために付近の畑から食糧になるものはなんでもとった。芋も掘り大豆も収穫した。芋の葉や茎も食べた。

敵陣が接近して来たのか十日過ぎからは、伊原野は迫撃砲の集中攻撃にさらされるようになった。井戸とか三叉路《さんさろ》とか人の集まるところをねらって、「ヒューン、ヒューン、パン、パン、パン、パン……」と来るのがそれであった。百メートル平方くらいの地点に四、五十発同時に落下するのだから、それにまき込まれた場合はたいてい命がなかった。私も第一外科の壕に連絡に出るために本部の壕を出た直後小川の付近でこれに遭遇したが、すぐ右側の石垣の間に伏せて難をのがれることが出来た。

証言

不思議な光景

米軍は南部へ着々と侵攻していました。

六月十日ごろから、壕の近くに砲弾がたくさん落ちるようになりました。十七日には、私のいる壕に砲弾が落ち、九人が重傷を負いました。

そして、忘れもしない六月十八日がやって来ました。

この日の夕方、私はいつものように水汲《く》みに出かけました。泉へ向かう途中、不思議な光景を目にしたのです。

それは、手をつないで集落の路地を楽しそうに歩く、二人の女学生の姿でした。

もちろん、南部には多くの人たちが逃げてきていますから、女学生の姿も珍しくありません。しかし、その二人はどこかへ遊びに行くように、とても楽しそうにおしゃべりをしながらスキップしているのです。

ちらりと見えた横顔は、初子姉さんと愛子姉さんに似ていました。

「姉さん!?」

そんなはずはない。でも、姉たちも一緒に南部へ逃げていると父が話していた――。

「もしかしたら……」と思いながら、もう一度、路地を振り返りましたが、二人の姿はどこにもありませんでした。

水を汲んで壕に戻る途中、後ろからブーンとプロペラ音がしました。振り返ると、戦闘機がものすごい勢いでこちらに近づいてくるのが見えました。

「あっ、狙われている!」

シュッシュッという、機銃の弾が風を切って飛んでくる音、ブスブスと弾が地面に突き刺さる音が、すぐ近くで聞こえます。水の入ったバケツを放り出し、近くの土手を駆け上がり、草の生い茂る中に身を隠しました。顔を地面にこすりつけ、両耳を押さえて、戦闘機がいなくなるのをひたすら待ち続けました。

プロペラの音が少しずつ遠のいても、私はしばらく、そのまま地面に伏せていました。すると突然、ポンポンと誰《だれ》かに肩を叩《たた》かれたのです。びっくりして飛び起きると、そこには東風平《こちんだ》先生が立っていました。

「あっ、東風平先生！」

「上地、よかった、無事だったか」

「先生も飛行機に追われたんですか。怖かったですね」

「ああ、危ないところだったな」

東風平先生は、この二カ月余りですっかり痩《や》せ細り、やつれきっていました。米軍の大攻勢が始まる前日、音楽室でピアノを弾いてもらったのが、遠い昔のことのように思われました。

「いいか、上地。死ぬなよ、絶対に死ぬんじゃないぞ」

その言葉に、私は思わず言い返しました。

「先生、なぜそんなことを言うのですか。今日まで大勢の仲間が死にました。これからどうやって生きていけばいいんですか。私たちには、もう死ぬことしか残されていないのです」

「そんなことはない、生きられる。何があっても、絶対に死んだらだめだ。生きるんだよ」

「……分かりました。じゃあ、先生も生きてください」

「おれはもう、だめだ。だけど上地、おまえは生きてくれ」

別れ際にもう一度、東風平先生が念を押すように言いました。

「いいか、上地。絶対に死ぬんじゃないぞ！」

「先生もどうか、お気をつけて」

それが東風平先生との、最後の会話になりました。翌十九日未明、先生がいた第三外科壕は米軍の攻撃を受けたのです。教官や生徒のほか、軍医や看護婦、衛生兵、通信兵など四十人が入っていましたが、五人の生徒以外、全員が米軍のガス弾で命を落としたのです。

学徒隊に解散命令

六月十八日の夜でした。米軍接近の知らせを受けた私たちは、波平の壕を出て、伊原第一外科壕に合流しました。そこで、仲宗根先生から解散命令を聞かされたのです。

「本部から通達があった。陸軍病院は解散、われわれ学徒隊も解散だ。これまで君たちは学校と行動を共にしてきたが、今後はすべて各自の判断で、責任をもって行動しなさい」

みんなが口々に言いました。

「先生、これまで私たちは、死ぬも生きるも、ずっと学校と一緒なんだと言われてきました。いきなり『各自の判断で行動しろ』と言われても、どうしていいのか分かりません」

「北部へ行きなさい。国頭《くにがみ》へ行けば、友軍がいる。彼らと一緒に行動するんだ」

「でも、敵陣を突破できるんですか？」

「日中は死んだふりをして、敵をやり過ごしなさい。米軍の連中は、夜になれば戦勝気分でどんちゃん騒ぎをしているから、陣地を抜けても大丈夫だ」

先生自身も、きっと困っていたのだと思います。波平や伊原の壕に収容されていた生徒は、百五十人くらいいました。軍に見放され、生徒たちの運命を一手に引き受けなければいけない。でも、敵はすぐそこまで迫っている。もたもたしていたら、壕にガス弾を撃ち込まれて全滅してしまう。生徒たちには死んでほしくない。でも立場上、「捕虜になって生き残れ」とは口に出せない。「ここを出ていけ。自分の責任で生き延びろ」と言うよりほかない。仲宗根先生は、本当につらそうでした。

資料

西平英夫著『ひめゆりの塔　学徒隊長の手記』
「解散命令」より

相続く犠牲の大きさに思い悩んでいた六月十八日の正午過ぎ、本部からの急便に「岸本君、一大事かも知れないぜ」と言い残して本部に駆けつけてみると、案の定、最後がおとずれていたのである。佐藤病院長は居並ぶ将校や連絡員を前にして次のごとく命令した。

「敵はすでに糸洲を侵し、伊原後方に迫っている。軍はただちに戦闘配備につく。学徒動員は本日をもって解散を命ずる。自今行動自由たるべし。軍属看護婦にして軍と行動をともにせんとする者は山城本部に集合せよ」

ついに最悪の段階に来たのであった。予期していたとはいえ、私はしばらくぼんやりとしていた。

「先生、大変な苦労でした」

「いや、こちらこそいろいろご厄介になりました」

「ところで、これから先生はどうなさいますか」

「国頭へでも突破しようと思います」

「それは大変ご苦労なことです。国頭には友軍がまだいると思いますから、ぜひ元気で行ってください」

「部隊長は？」

「私はここで最後までがんばるつもりです」

私は改めて佐藤少佐の顔を見た。少佐の顔はすでに覚悟が出来ているのか、平静そのものであった。少佐はすでにノモンハンで戦歴を重ねていただけに、病院中でも最も度胸がすわっていた。

「どうか武運をお祈り致します」

と、最後の別れを告げ、無理に願って手榴弾《しゅりゅうだん》三発とローソクなどをもらって帰った。

帰途、私の頭の中は、数多い生徒をどうして国頭突破に成功させるかでいっぱいであった。

「死傷者を除いても、百五十人は残っている。女学校を合わせると百八十名、教員は合わせて十一名、一人の教員が十六、七名くらい引率して行かねばならない」。

こんなことを考えながら、弾雨の中を走っていた。


私は壕内の生徒を集めて最後の指示をした。

「皆もすでに知っているように、われわれ動員学徒は今日解散になった。皇軍の必勝を期してがんばって来たけれど、残念ながらこんな結果になってしまった。今となっては、われわれに残されている道は国頭突破しかない。国頭にはまだ友軍も残っているということだから、われわれはこれから第一線を突破して国頭へ行き、友軍と協力して皇軍の再起を待つより仕方がない。（中略）

しかし戦線の突破は決してやさしいものではない。(中略)不幸にして負傷した場合には、負傷者もその点はよく覚悟をしなければならない。一人の負傷者のために皆死んでしまってはなんにもならない。一人でも多く生き残らねばならない。

しかし——捕虜にはなるな」

証言

仲間を残して

壕の奥には、前日の爆撃で重傷を負った仲間たちが寝ていました。彼女たちは仲宗根先生の言葉を聞いて、私たちに泣きながら言いました。

「連れていって。ここに置き去りにしないで！」

そう言われても、私たちにはどうすることもできませんでした。波平に来てからというもの、まともにご飯も食べていないのです。みんな疲れきっていました。そんな状態で、誰《だれ》かをおんぶしたり、担架《たんか》に乗せて運んだりすることは到底考えられませんでした。

「ごめんなさい。せめて、お水だけでも飲んでちょうだい」

壕の天井や壁からポタポタと滴《したた》り落ちる水を、みんなでハンカチや脱脂綿に吸わせて、九つのお茶碗《ちゃわん》に絞りました。

「先生も軍医さんもいるから、あなたたちは手当てをしてもらえると思うわ。私たちは出ていかなきゃいけないから。ごめんなさい……」

泣きながらそう言って、水の入ったお茶碗を枕元に置くのが精いっぱいでした。

「お母さん……」

誰かが、ポツリとつぶやきました。

外では砲弾が雨のように降っています。この壕を出れば、もうたすからないだろうと、みんなが思っていました。そんな中で、みんな泣きながら、口々に「お母さん」と叫びました。

「もう一度だけでいい、お母さんに会いたいよ」

「お母さんは生きているかしら。死んじゃったのかしら」

私も、熊本に疎開している母の顔が浮かびました。

「〽うさぎ追いしかの山……」

すすり泣く声の中で、誰かが唱歌『故郷《ふるさと》』を小声で歌い始めました。

「〽小鮒《こぶな》釣りしかの川……」

一人また一人と、一緒に口ずさみます。

――燦々《さんさん》と太陽が降り注ぐ相思樹《そうしじゅ》並木。その奥にある師範学校。毎日ピアノを弾いた音楽室。姉さんたちと一緒に遊んだ首里の街並み……。いろいろな光景が頭に浮かんでは消え、涙がポロポロとこぼれました。

そのとき、入り口近くにいた仲宗根先生の怒鳴り声が響きました。

「なにをグズグズしている！　さっさと出ていけ！　夜が明けたら敵が来るんだぞ！ガス弾をぶち込まれないうちに、早く出ていくんだ！」

先生に強く促されて、仲間たちは少しずつ壕を出ていきました。でも、砲弾の飛び交う中へ歩きだすことは、なかなかできるものではありません。そのうち、先生は業《ごう》を煮やしたのか、率先して出ていこうとしました。ところが、出ていってしばらくすると、先生は血まみれになって戻ってきたのです。至近弾の破片が首筋に当たって、もう少しで命を落とすところを、命からがら壕に戻ってきたのでした。軍医さんの治療を受けている仲宗根先生は、とても怯《おび》えているように見えました。

私は友達と手を取り合い、思いきって外へ出ました。四方八方から砲弾が飛んできて、あちこちで爆発します。もう生きた心地がしませんでした。とにかく体を小さく屈《かが》めて、前の人の背中にくっつくようにして歩きました。

目指したのは山城の丘でした。何人もの仲間が山城へ向かっていたので、私たちもそれに従ったのです。

「あの茂みに隠れましょう」

誰かがそう言って、草むらに隠れました。

たくさんの人々が目の前を通り過ぎていきます。その中に、あの上原婦長の姿が見えました。

「上地さん、これが戦争だよ。人間のいのちって、紙一重だね」

第十四号壕で一緒だった貞子さんが亡くなったとき、そうつぶやいた上原婦長も、すっかり痩《や》せ細り、やつれきっていました。歩くのも大変そうで、軍医さんと看護婦さんに支えられて、ようやく足を運んでいるような状態でした。あまりにもつらそうなので、声をかけることもできませんでした。

長い長い一日

夜が明けて猛烈な攻撃が始まりました。空からは爆撃機による爆弾投下と、機銃掃射。海からは艦砲射撃が休みなく続きます。茂みに伏せて、ただひたすら時間が過ぎるのを待つしかありません。

「あっ！」

誰かが悲鳴を上げて、体を起こしたように見えました。町田《まちだ》トシさんでした。背中に砲弾の破片が刺さってはね飛ばされたのか、近くの岩に寄りかかるようにして倒れていました。

その後も爆弾や銃弾が次々と飛んでくるので、私たちは動くことができません。今度は、私のすぐ隣にいた山入端初子《やまのははつこ》さんが撃たれました。あごの辺りを砲弾の破片が貫通し、血がダラダラ流れているのが見えました。

「女学校を卒業したら、弟や妹の面倒を見て、親孝行したかったのに……」

山入端さんは血を流しながら、こう言いました。

「こんなところで死ぬなんて、私はなんて親不孝なんだろう。お母さんに、もっと喜んでもらいたかった……」

銃弾の飛び交う戦場で、いのちの危険にさらされている極限状況で、やはり思い出すのは家族のことです。これは山入端さんだけではなかったでしょう。誰もが家族のためを思い、立派な人になりたいと願って、師範学校や高等女学校に入ったのです。それなのに、家族を残して死ななくてはいけない。それは本当に、つらいことだと思います。

「初子さん、そんなに悲しいことは言わないで。私だって、生きられる保証はない。でも、あなたの気持ちはきっとお母さんに通じるよ。お母さんは分かってくださるよ。だから、あなたは決して親不孝じゃない」

泣きながら、山入端さんを慰め続けました。

「私はもうだめだわ。でも、ももちゃんは気をつけて国頭へ行ってね。私はここで、みんなの無事を祈っているから。国頭で私の家族に会ったら、私がここで死んだと伝えてちょうだいね……」

まだ息はあったけれど、山入端さんは次第に話せなくなりました。

深夜になり、砲撃がやみました。長い長い一日が、ようやく終わったのです。

資料

西平英夫著『ひめゆりの塔　学徒隊長の手記』「解散命令」より

「用意が出来た班から出発しなさい」と言っても、どの班も動こうとはしなかった。私は黙然《もくねん》として生徒を見守っていた。「このままここにとどまろうか」とも考えてみた。しかしその結果については悲惨な全滅以外は考えられなかった。私は生徒を叱《しか》ってでも出さなければならないと考えた。（中略）

一番奥にいた新垣が五、六人連れて動き出した。（中略）

これをきっかけにして、次々砲弾の炸裂《さくれつ》する壕外にとび出して行った。私は砲弾の炸裂を聞くたびに生徒の悲鳴が聞こえはせぬかと耳をすましながらその無事を祈った。

第七章　自決か捕虜か

証言

恵みの雨

夜になって、私たち四人は山城《やまぐすく》の丘を下りました。

町田《まちだ》さんと山入端《やまのは》さんをそのままにして行くのは、つらく悲しいことでしたが、一人でも多く生き残るためには仕方がありませんでした。

丘を下る途中、偶然、仲宗根《なかそね》先生と会いました。先生は北部出身の生徒数人を連れて行動していました。

「ぼくはなんとか国頭《くにがみ》を目指す。君たちも気をつけて行動するんだぞ」

そして別れ際、こう言われました。

「この辺りの森は、明日にも焼き払われるだろう。絶対、森に隠れるんじゃないぞ」

私たちはそのまま南へ逃げて、荒崎《あらさき》海岸に出ました。沖縄本島最南端の海岸です。サンゴが固まってできたゴツゴツした岩ばかりの海岸で、暗闇の中で目を凝らすと、大勢の人々が隠れる場所を探して右往左往していました。

海岸に下りるとき、靴をはいていないことに気がつきました。逃げ惑う途中で脱げてしまったのでしょう。岩だらけの海岸を歩くと、痛くて仕方ありませんが、そんなことを言っている余裕はありません。

隠れ場所を探していると、「ももちゃん！」と誰《だれ》かに呼ばれました。見ると、学徒隊の仲間が四人、同じように海岸を歩いていたのです。

「無事だったのね、よかった！」

「また会えるなんて……」

みんな口々にお互いの無事を喜び合い、八人で一緒に行動することにしました。しかし、行く当てなどありません。

「どうしよう……？」

「お腹《なか》いっぱい水を飲みたいわ」

「じゃあ、どこかで水を探しましょう」

私たちは行き交う人ごとに、「井戸はありませんか？」「どこかに水はありませんか？」と尋ねました。

なかなか水が見つからずに困っていると、不思議にも、ものすごい勢いで雨が降りだしました。

「わあ、恵みの雨だ！　みんな、飲みましょうよ！」

うれしくて、天を仰いで叫びました。

「じゃあ、どこかで雨宿りをしてから飲みましょう」

誰かの言葉に従い、私たちは雨宿りのできる場所を探しました。海岸をしばらく歩くと、岩と岩が折り重なるようにしてできた天然のほら穴がありました。

「すみません。雨宿りをさせてください」

ほら穴の中には、海軍の兵隊さんが三人いました。士官らしい一人は軍刀を脇に置き、背筋を伸ばして正座しています。ほかの二人の兵隊さんは、その近くにあぐらをかいていました。

「ここに入るのは構わないが、交換条件がある。君たちの中に手榴弾《しゅりゅうだん》を持っている者がいたら、出しなさい」

上級生の二人が、手榴弾を一個ずつ持っていました。

「これは自決用です。これで死ぬのだから、手放したくありません」

上級生の上原幸子《うえはらさちこ》さんは、そう言ったのですが、兵隊さんは、

「心配しなくてもいい。最後の時が来たら、一緒に殺してやる。さあ、よこしなさい」

と、取り上げてしまいました。

「すみません。飯盒《はんごう》のふたか何かあったら、貸してもらえませんか?　雨水を飲みたいのです」

沖縄本島南部の海沿いには、こうした天然の洞窟が多く見られる

上原さんがそう言って、兵隊さんから飯盒のふたを借りました。私たちはほら穴の入り口に立ち、順番に雨水を飲みました。たくさん水を飲んだのですが、お腹がすいてたまりません。

「兵隊さん、何か食べるものはありませんか？　三日ばかり何も口に入れていないのです」

「ちょっと待ちなさい」

兵隊さんが何かを取りに奥へ行きました。食べ物があるんだと、私たちは心待ちにしていました。戻ってきた兵隊さんは、雨水を入れた飯盒のふたに、ひと握りの粒をパ

ラパラと入れてくれました。私たちはその粒を指でつまんで、夢中で食べました。食べ終わってから、

「いまのは何だったのかしら」

「あれはお米だったね」

「ええ、生米だったわ」

そんなやりとりをして、クスクス笑いました。ずっと飲まず食わずで過ごしてきたので、生米でも口にすることができて、本当にうれしかったのです。

ほら穴でじっと座っていると、いつしか雨がやみ、夜が明けてきました。

生死の押し問答

六月二十日の朝は、とても静かでした。

それまで沿岸にずらりと並び、休む間もなく艦砲を撃ってきた米軍の艦艇が、なぜか沖のほうへ行ってしまい、一隻も見当たりません。しばらくすると、小型の上陸用

ボートが沿岸までやって来て、

「生きている者は糸満《いとまん》方面へ歩きなさい。水も食料もあります」

と、大音量の放送を繰り返しています。

ほら穴から外を見ると、ほかの岩陰に隠れていた人たちが両手を上げ、ぞろぞろと歩いていました。

先輩の上原さんが、

「私たちは誇りある師範学校の生徒なのよ。米軍の捕虜になってたまるものですか。ここで潔く死ぬのよ。兵隊さん、早く私たちを殺してください！」

と叫びます。

つられるように、みんなが口々に「殺して」「殺して」と言いだしました。

「死にたくない」とは誰も言いませんでしたし、とても言える状況ではありません。

ただ私は、「こんなに暗くて狭いところでは死にたくない」と思っていました。

「ねえ、みんな。私、暗いところは嫌《いや》だわ。どうせなら太陽の下で、明るいところで死のうよ」

　そう言いましたが、誰も耳を貸してくれません。そのとき、正座していた兵隊さんが言いました。

「女学生さん。君たちはこれまで十分お国のために尽くしてきた。死ぬことはない。自分のために生きることを考えなさい」

「嫌です！　ここで死なせてください！」

　兵隊さんの言葉を、上級生たちは聞こうとしません。

　家族や大勢の仲間が死んだのに、自分だけ生きようなんて考えられない。生き残って捕虜になるくらいなら、死んだほうがましだ――そんな思いがあったのでしょう。

「生きるんだ」

「殺してください」

　押し問答を繰り返した末、兵隊さんの一人が手榴弾を取り出しました。

「では、手榴弾の栓を抜くぞ。三つ数える。覚悟はいいな」

みんな、うなずきました。

「一……二……」

ああ、あと一つ数えたら、全員死ぬんだ。そう思い、息をのんで「三」と言うのを待っていると、正座をしていた兵隊さんがいきなり立ち上がり、軍刀をギラリと抜きました。

「貴様ら、出ていけーっ！」

鬼のような形相《ぎょうそう》で怒鳴るのです。私たちは驚くより先に訳が分からず、きょとんとしていました。

「えっ？　手榴弾で殺してくれるんじゃないの？」

「何をぐずぐずしているか！　出ていかねば叩《たた》き切るぞ！」

軍刀を振りかざして怒鳴る兵隊さんの剣幕に押され、私たちは思わずほら穴から出ていきました。

外へ出ると、いきなり十人くらいの米兵に取り囲まれました。銃剣を突きつけられ、出てきた順に一列に並ばされます。最後の一人が出た途端、ほら穴から「パパーン」という炸裂音《さくれつおん》がして、石や土が辺りにバラバラと飛び散りました。米兵たちはほら穴に向かって、一斉に銃剣を構えました。

「手榴弾の音だわ！」

「あの兵隊さん、私たちを追い出して、自分たちだけ自決した！」

口々に恨みごとを言いましたが、もはや後の祭りでした。

米兵に銃剣を突きつけられたまま、私たちは歩かされました。海岸からあぜ道へ上ると、道端にはたくさんの死体が横たわっています。ひと目で女学生と分かるものもありました。

しばらく歩くと、幌《ほろ》のないトラックが止めてあり、荷台に女性ばかり十人くらい乗せられていました。みんな中高年の方で、私たちと同世代の人はいませんでした。

「みんな名誉の戦死を遂げたのに、私たちだけが生き残ってしまったのね」

「悔しいわ、カンポーヌクェーヌクサー（＝艦砲の食い残し）になってしまった」

「逃げましょう！」

私たちはトラックの荷台の縁に足をかけて飛び降りようとしました。すると、米兵が銃剣で小突いて座らせるのです。座るなり、トラックはものすごいスピードで走り出しました。

こうして、私たちは米軍の捕虜になったのです。

資料

西平英夫著『ひめゆりの塔　学徒隊長の手記』
「終焉」より

すぐ出発することにしたが、丘を行っては危険であるし、へたをすれば敵に捕まるおそれがあると考えて摩文仁《まぶに》の海岸を通ることにした。台上を海に向かって進んで行くと五十メートルくらいで絶壁の上に出た。こんな絶壁の下が通れるかどうかと心配になったが、下のほうで人声がするのに勇気を得て一歩一歩足場を求めながら夕闇の岩壁を降りて行った。

太平洋の黒潮が無気味なうなりを立てて、「ドドッドドッ」と押し寄せていたが、絶壁の直下は珊瑚《さんご》の海棚になっていて、絶壁にはところどころ浸蝕《しんしょく》を受けて洞穴が出来ていた。これならばと一応安心すると急に空腹を覚えた。昨日来一物も口にしていなかったのだ。そこで持っていた米を取り出して炊事をすることにした。流木を集めて火を焚《た》こうとしたが、くすぶってなかなか燃えなかった。
その時、突如、「パーン」と今われわれが降りてきた崖道に砲弾が炸裂《さくれつ》して破片が周囲にパラパラと落ちて来た。夜の攻撃の第一発であった。炊きかけの飯盒《はんごう》を引っつかんで、安全な場所を求めて移動した。岩鼻を二つばかり回って暗闇の中に一つの大きな洞窟《どうくつ》を見つけてその中にはいった。そこには大勢の人声が聞こえていた。その間にわれわれもそれぞれ席を見つけて岩の上に腰をおろした。

うす暗いままに、われわれは自分の席がどんな場所であるか十分確かめることもしないで岩によりそって眠っていた。ときおり炸裂する砲弾に目をさまされながら、おりから降り出した雨も気にかけないで、うつらうつらと眠っていた。夜が明けて見ると、そこは浸蝕によって出来た大きな岩柱が再び波にたたかれて元の母岩に倒れかかって出来た大きな洞門に過ぎなかった。(中略)

そこにはわれわれのほかにも、二、三十人の人間がいた。（中略）われわれの洞門から二間ほどへだてた側方には大きな洞穴があったが、そこは通信隊の洞窟で少年兵や村人を交じえて五、六十人もはいっていた。（中略）明るくなるにつれてだんだん人数が増し、われわれの前面にもいつのまにか百人くらい集まっていた。

八時ころになってこの付近一帯に対して猛烈な攻撃が開始された。軍艦主砲による陣地攻撃であった。われわれのはいっている洞門の上部――おそらくこの付近は軍司令部の所在する摩文仁の岩山と推定出来る――に対して、三連装の主砲から撃ち出される巨大な砲弾が地を震わせ相次いで炸裂した。「ダ、ダ、ダン」とくるたびにわれわれの頼りにしている岩柱が、ぐらぐらと揺れて、母岩の上部に大きな穴があき、砕かれた岩片と砲弾の破片があちこちにはね返って、目の前にピュンピュンと飛んで来た。

午後になって一時攻撃が途絶えたので、私は付近を偵察した。どこにも移動出来る場所はなかったが、われわれのいる洞門は、ちょうど前方の高い岩山にさえぎられて、艦砲がとび込む心配が全然ないことを発見した。（中略）午後も攻撃が続けられたが案外平気でいることが出来た。

その間私は次のようなことを考えていた。

「この地点は明日も必ず攻撃を受ける。その攻撃は爆弾でなされるかも知れない。岩間に幾千と知れない日本兵がひそんでいることを知れば、敵は必ず岩間を目標に爆弾を投下するだろう。一発でも爆弾が岩間に落下すれば、その爆風のため全員が吹き飛ばされるにちがいない。あるいはガス弾攻撃を受けるかも知れない。そうなると、どんなに岩間にひそんでいても全員やられるにちがいない」

私は岸本君にこの考えを述べて、いかなる犠牲を払っても今夜にはここを出発しようと提案した。

……………………………………………

その時、はるか摩文仁の方で轟然《ごうぜん》たる音がしたので、ふり返って見ると、二本の黒煙が天に柱して立ち昇っていた。

「あれは日本軍の最後かも知れない。軍司令官が自決して、司令部の壕を自爆したのかも知れない」

敵が沖縄に来攻して以来九十一日、日本の運命をかけて展開された沖縄決戦も、ここに刀折れ矢尽きて終焉《しゅうえん》のときを迎えたのだ。無限の感慨をこめて、われわれはうすれゆく煙をいつまでも見守っていた。

第八章 朝日を浴びて

証言

米軍の捕虜に

トラックは三十分ほど走り、伊良波《いらは》（現在の豊見城市伊良波《とみぐすく》）で私たちを下ろしました。

捕虜が逃げ出さないよう鉄条網の柵《さく》をしてあるほかは、目立つ建物もなく、だだっ広いだけの場所でした。何台ものトラックが、捕虜になった人々を次々と下ろしていきます。

広場の一角に井戸があり、たくさんの人たちが体を洗ったり、水を飲んだりしていました。私たちもそこで顔や手足を洗い、水を飲んでひと息つきました。

夕方になると、米兵は私たちを集めて「Cレーション」や「Kレーション」と書いた包みを配りました。油紙で包んだ弁当箱には、ハムやチーズやビスケットなどがぎっしりと入っていました。これだけの食料を捕虜に配れるなんて、アメリカはなんて豊かな国なんだと驚きました。

周囲の大人たちは無心にアメリカのお弁当を食べています。私もお腹《なか》がすいていたので、油紙をはがして中のものを口に入れようとしましたが、上級生に叱《しか》られました。

「何よ！　こんな米兵のものを食べてたまるもんですか！」

私ははっとして、食べるのをやめました。

「すみません。はしたないことをしました」

「こんなもの、お尻でつぶしてごみ箱に捨てちゃいなさい！」

仲間たちが一斉に弁当箱をお尻でつぶします。もったいないと思いながらも、私もごみ箱へ捨てました。

泣き明かして

広場に座ったまま一夜を明かした私たちは、翌朝、再び米兵に集められ、トラックに乗せられました。

車に揺られて到着したのは、本島中北部の金武《きん》村惣慶《そけい》（現在の宜野座《ぎのざ》村惣慶）という小さな集落でした。そこに、米軍の難民収容所があったのです。

私たちは何も食べていないし、すっかり疲れ果てていました。下ろされた場所にぼんやり立っていると、一人のおじさんがやって来ました。

「女学生さん、君たちはどこで捕まったんだい？」

「南部の荒崎《あらさき》海岸です」

「ぼくは二、三日前、国頭《くにがみ》で捕まったんだ。でも、もう安心だよ。ここは安全地帯だからね。戦争は終わったんだ」

優しい言い方でした。でも、それを聞いた私は、なんとも言えない気持ちになりました。

つい昨日まで、四方八方から飛んでくる砲弾や銃弾で仲間がバタバタと撃ち殺されたのです。「生きて虜囚《りょしゅう》の辱《はずかしめ》を受けず」と繰り返し教わってきたのに、私は生き残ってしまった。しかも、「鬼畜」といわれる米軍の捕虜になってしまった。それなのに、「ここは安全地帯だ。戦争は終わった」と言われても、すぐに受け入れることはできませんでした。

難民収容所といっても、占領されたばかりの村には、施設らしい施設はありません。家々には元の住人や、私たちより先に捕虜になった人が入っています。私たち八人は村の井戸で水を飲み、手足を洗ってから、行く当てもなく村内をさまよい歩き、疲れて原っぱに座り込みました。

その原っぱは、海の見える小高い丘にありました。すっかり日が沈み、満月が煌々《こうこう》と辺りを照らしています。明るい月の光の下で、私たち八人は、亡くなった仲間や、けがのために置き去りにしてきた仲間のことを思い出し、さめざめと泣きました。

「あの人はあそこで死んでしまった」

「彼女はこんなふうに死んでしまった」

口にするのは、亡くなった人のことばかり。そして「なぜ自分たちだけ、たすかってしまったのだろう」「自分も潔く死にたかった」という後悔の言葉ばかりです。

私たちはひと晩中、泣き続けました。そして、一生忘れられない夜明けを迎えようとしていました。

「生きる」思いへ

夜明け前のことです。

みんなでまた井戸へ行きました。水を飲んだり、顔を洗ったりしていると、キラキラと輝く水平線の彼方《かなた》から、オレンジ色の太陽が昇ってくるのが見えました。

誰も何も言わず、朝日を見つめていました。

冷えきった体に、太陽の熱がじわじわと染み込んでいきます。頭に、肩に、胸に、お日さまの温《ぬく》もりが伝わっていきます。体がブルブルッと震えて、だんだん温かくなっていきます。

振り返ればこの三カ月間、私たちは暗い壕《ごう》の中にいて、明るい太陽の下をまともに歩くことさえできませんでした。その間には、晴れの日もあれば雨の日もありました。でも、空を見上げれば、目に入るのは敵の偵察機や戦闘機ばかり。「敵に見つからないように」と、真っ暗な壕に隠れ続ける日々。行動できるのは、夜と早朝のわずかな時間だけ。もちろん、朝日をゆっくり眺めるような心の余裕はありませんでした。

お日さまの温もりに包まれるうちに、ふと誰かがつぶやきました。

「私、生きていいのかしら……」

うまく言葉にできないけれど、その場にいた誰もが〝大いなる存在〟の前にいる――そんな気持ちになり、私は思わず「生かされているのね……」とつぶやいていました。すると、ほかの仲間たちも、「生きたいね」「そうね、生きたいよね」と口々に言いました。

昨夜、あれほど「死にたい」と言っていた仲間たちが、今朝《けさ》、太陽の光を浴びて体が温かくなったら、誰一人「死にたい」と言わなくなったのです。死ぬことしか考えられなかった私たちが、生きることを考え始めた瞬間でした。

この日、沖縄は長い梅雨が明けたのです。

資料

西平英夫著『ひめゆりの塔　学徒隊長の手記』「終焉」より

私も岸本君のはいっている穴にはいった。狭い穴に二人でうずくまると、夜来幾度か潮に浸って来た着衣が気持ち悪くなって、私は着衣を脱いで岩かげに干した。裸体になってさっぱりすると、強い睡気《ねむけ》がおそって来ていつの間にか深い眠りにおちていった。

何時間たったであろうか。

「先生！　敵です」

と言う声を私は夢の中できいていた。岸本君にゆり起こされてやっと現実に返った。

「西平さん！　敵らしいぞ」

「本当か?」

「たしか生徒がそう叫んだ」

「どこだ!」

「わからん」

「ようし……」


と立ち上がったのと、私の頭上——私のはいっている岩の上——に米兵が自動小銃をかまえてとび移るのと同時だった。「アッ」と小さく叫んで立ちすくんでしまった私は、敵とにらみ合ったまま、全身から血のひいていくのを感じた。

しばらくして米兵が何かききとれない英語をしゃべりながら手まねをした。着物を着よと言っているのだと悟って、米兵から目を離し岩かげに干してある上衣を引き寄せた。同じ立場の岸本君が「早まるな」とささやいたように思えた。しかしその必要もなく、二人の米兵が近寄って、われわれの着衣を次々に点検していた。

万事休す!

こう思うと涙がぐっとこみあげて来た。

「先生！　どうするのですか」

まだ穴の中にかくれている生徒の声であった。十数名の米兵が、あちこちに散開して、一つ一つの岩穴を捜索していた。

「みんな出て来なさい。こうなっては仕方がないのです」

と言いながら、私は力なく生徒のほうへ歩いて行った。

第九章 収容所生活

証言

多くの支えを受け

「生きたい」という気持ちになっても、収容所には民間人を収容するための設備がありません。私たちは寝る場所を探さなければなりませんでした。

一週間ほどして、ようやくテント小屋ができました。テントを張っている人たちの中に、みんなから「与那覇《よなは》先生」と呼ばれているリーダー格のおじさんがいました。

「あんたたち、寝る場所がなくてかわいそうだったね。テントへ最初に入れてあげるからね」

そう言って、私たちが入るテント小屋を手配してくださったのです。後になって知ったのですが、この人は与那覇政牛《せいぎゅう》さんといって、初子姉さんが教員として赴任した小学校の校長先生でした。沖縄の学校教育に初めて砲丸投げを取り入れたスポーツマンであり、三線《さんしん》や琉球《りゅうきゅう》舞踊の研究家としても有名な人でした。そして、余談ですが、のちにこの人は、私の舅《しゅうと》になりました。政牛さんの三男・政昌《せいしょう》と結婚したのです。

ようやくテント小屋に入れたものの、私は高熱で衰弱しきっていました。三カ月もの間、満足に食べる物もなく、十分に寝ることさえできなかったのですから、無理もありません。

テント小屋で寝ていると、見知らぬおばさんが突然やって来て声をかけられました。

「あんた、上地のももちゃんでしょ。こんなところで寝ていたら、死んじゃうわよ。面倒を見てあげるから、私のところに来なさい」

その人は奥間《おくま》さんといって、私が通っていた首里《しゅり》第二小学校（現在の城西《じょうせい》小学校）の先生の母親でした。

奥間さんは十三人の親戚《しんせき》と一緒に、農家の牛小屋を改築した家に住んでいました。

小さな家ですから、私が入り込む隙間《すきま》などありません。そこで奥間さんは、大家さんと交渉して、私の寝る場所を確保してくださったのです。

その後も奥間さんは、おかゆを作ってくれたり、センブリ（薬草）の煎《せん》じたものを飲ませてくれたりと、献身的に看病してくださったおかげで、私はだんだん元気になりました。

その大家さんも「あんた、女子師範の生徒なんだって？　ずいぶん苦労したって聞いたよ。うちにも同じ年ごろの娘がいるんだ。小屋じゃなくて、家の中で寝たらいいよ」と、すぐに家に上げてくださいました。

また、収容所の病院の看護婦さんが「あなたのお姉さんを知ってるよ。初子さんには、とてもお世話になったから、恩返しがしたい」と言って、米軍の包帯やガーゼをこっそり分けてくださったこともありました。アメリカのガーゼや包帯はとても幅があって分厚いので、それをつなぎ合わせて肌着を作りました。

南風原《はえばる》で父が持たせてくれた荷物の中に、肌着や着替えがありましたが、南部へ撤退し、解散して逃げるうちに無くしてしまいました。だから、ずっと着たきり雀《すずめ》だったのです。

それ以外にも、「あなたのお父さんに会ったよ」「あなたのお姉さんにお世話になったんだよ」という人が次々と現れて、食べ物を分けてくれたり、仲宗根《なかそね》先生や仲間たちの消息を伝えてくれたりしました。

本当にたくさんの人たちに支えていただきました。これもひとえに、父や姉たちが人のために働き、人に喜んでもらおうと心を尽くしていたからだと思います。

渡嘉敷さんとの再会

八月に入ったある日、ガーゼを分けてくださった看護婦さんが私に言いました。

「ももちゃん、あなたの友達が宜野座《ぎのざ》病院に入院してきたよ。お見舞いに行ってあげたらどうかしら?」

誰のことかと思いつつ、病院を訪ねました。

ベッドに寝ていたのは、大けがをして壕《ごう》に残してきた、あの渡嘉敷良子《とかしきよしこ》さんでした。

「私を放っておいて、自分たちだけ逃げるなんて！　みんな本当にひどいわ！　あんなに慕っていたのに、先生だって、私を見捨てた！」

渡嘉敷さんは二年先輩でした。だから年下の私には、言葉が厳しくなったのでしょう。私は「ごめんなさい。すみませんでした」と謝るしかありませんでした。

渡嘉敷さんは、私たちが壕を出た後、生きたい一心で壕を抜け出したのです。歩けないほどの重傷でしたが、泥の中を這《は》い回り、米兵に見つかりそうになると死んだふりをして、二カ月余りの間、必死で逃げ続けたと言います。

「『鬼畜米英』と教えられてきたけれど、私たちの受けた教育は間違っていたわ。彼らは鬼じゃない。私をここに連れてきて、栄養剤を打って、こうして元気にしてくれたのよ！」

その言葉に、私はガツンと頭を殴られたように思いました。仲間から面と向かって「私たちの受けた教育は間違っていた」と言われると、これまでの自分を否定されたような気がしたからです。

「仲宗根先生が近くにいらっしゃるそうだから、お連れするわね」と言い置いて、私は病室を後にしました。

仲宗根先生は、私たちが収容されている惣慶《そけい》の隣にある、古知屋《こちや》（現在の宜野座村松田《まつだ》）の収容所にいました。渡嘉敷さんのことを告げると、血相を変えて宜野座病院へ駆けつけられました。

仲宗根先生と渡嘉敷さんの再会の場面は、いまも忘れることができません。

先生は渡嘉敷さんのベッドの横に立ち、長い間、押し黙っていました。

やがて、ひと言、

「渡嘉敷……。すまなかったな」

と、小さな声で言いました。

渡嘉敷さんは先生をじっと見つめて、

「先生……。ありがとうございました」

と涙を流したのでした。

先生は涙をこらえているのか、あらぬほうを向いて歯を食いしばっていましたが、

「それじゃあ」

と言い残して、病室を後にされたのです。

このとき渡嘉敷さんと仲宗根先生の胸中に、どんな思いが渦巻いていたのか、私には分かりません。

ただ、私は思うのです。

たとえ私たちが受けた教育が間違っていたとしても、それは当時の国策によるもの。先生だって、教え子を死なせようと私たちを戦場に連れ出したわけではありません。南風原から撤退するとき、渡嘉敷さんを置き去りにしたのも、ほかの生徒を守るためにやむを得ないことでした。そうせざるを得なかったことに、先生もずっと悩んでおられたはずです。それでも、あの戦場では迷ったり悩んだりする暇《いとま》もなく、即断即決するしかなかったのです。

仲宗根先生はその後、渡嘉敷さんと再会することはありませんでした。

再会からほどなくして、渡嘉敷さんは、沖縄を襲った台風で、収容されていたテントごと吹き飛ばされ、帰らぬ人となってしまいました。

「なんとしても生きたい」と願い、必死で壕を抜け出した渡嘉敷さん。米兵に捕まって治療を受け、「さあ、これから自分の力で生きていくんだ」と思っていた矢先に、台風で亡くなってしまったのです。

「せっかくたすかったのに、どうして……」

その答えは、戦後六十年以上が過ぎたいまでも見つかりません。ただ、彼女のことを思うと、いつも言葉にできない寂しさが募ってくるのです。

難民収容所について

米軍は占領地域を拡大するにつれて、保護した住民を難民収容所へ送っていった。

一般住民の難民収容所としては、沖縄本島に十一、周辺離島に五、計十六地区が設定された。その一つ、宜野座《ぎのざ》地区の収容所には、沖縄戦終結時に本島内で生存していた人々のほぼ三分の二に相当する二十万人が収容されたという。

この収容所内には米軍の野戦病院が設けられ、女性は看護助手として、男性は死体の処理やＤＤＴ散布などに動員された。

収容所間の往来は原則禁止され、米軍の通行許可証を携帯しない場合は〝越境〟として処罰された。処罰を受けた人の拘置所には、脱走を防ぐために有刺鉄線が張り巡らされていた。

民間人の収容所では、米軍によってメイヤー（市長）とＣＰ（民間警察）が任命された。メイヤーは物資の配給や作業の手配、軍命令の伝達を任され、ＣＰは米軍のＭＰ（憲兵）とともに所内の治安維持に当たった。

なお、米軍は統治を円滑にするため、日本兵と民間人を別々に収容する方針を採り、難民収容所のほかに、軍人・軍属だけを収容する「捕虜収容所」を置いた。軍人・軍属の捕虜は「ＰＷ」（Prisoner of Warの略）、民間人は「シビリアン」と呼ばれ、作業現場で両者が一緒に作業するときなどは、識別のため、上着の背中にペンキで「Ｐ

【コラム④】

W」「CIV」の略字が書かれた。

参考文献
『読谷村史』第五巻資料編4「戦時記録」上巻（沖縄県読谷村史編集室）

第十章 鎮魂

証言

終戦を迎えて

収容所には新聞もラジオもありません。私たちが収容所に入ってからというもの、戦争の情報はほとんど入ってきませんでした。

しかしある日、米兵たちが大騒ぎをしているのです。米軍のテント周辺で作業をしている人たちに話を聞くと、

「日本が負けて、戦争が終わったんだって」

「天皇陛下が、何かお言葉を下されたそうよ」

と教えてくれました。

八月十五日。終戦の日のことでした。

沖縄の人にとって、この戦争は軍司令官が自決した六月二十三日にすでに終わっています。しかし、日本全体が負けたという事実を知って、やはり大きなショックを受けました。

アメリカの占領下に置かれた沖縄は、このまま本土と切り離されてしまうかもしれない。そうなれば、熊本に疎開した母や弟たちとは二度と会えないだろう。そして父や姉たちは、いまだに行方が知れない。私は、天涯孤独の身になってしまった——。

一人、収容所内の公園のブランコに揺られながら、さめざめと泣きました。

トラックの張り紙

「与那覇政牛《よなはせいぎゅう》より。私の息子、師範学校本科三年の与那覇政昌《せいしょう》の消息を知る人は、惣慶《そけい》の与那覇に連絡されたし」

米軍のトラックにそんなメッセージを張ったのは、与那覇政牛さんが最初だったと思います。トラックは各地の収容所を回って物資を運搬するので、張り紙をすれば、必ず誰《だれ》かの目に留《と》まります。手紙のやりとりさえできなかった収容所で、家族の消息を確かめたり、ほかの収容所にいる人と連絡を取り合ったりするために考え出された唯一の方法でした。

私も張り紙をしました。

「惣慶の上地百子です。父の安昌《あんしょう》、姉の初子と愛子の消息をご存じの方は連絡を下さい」

六月二十三日の〝終戦〟から日が経《た》つにつれて、生き残った人々の消息が少しずつ分かってきました。しかし、父や姉たちからは一切連絡がありません。

一カ月が過ぎ、二カ月が過ぎ、それでも連絡がない。もう、父も姉たちも、死んでしまったと考えるしかありませんでした。

父と姉たちの最期

その年の十一月のことです。

収容所の近くに住んでいた天理教の布教師さんが、父たちと南部で一緒に行動していた那覇《なは》分教会役員の比嘉和輝《ひかかずてる》さんに会わせてくださいました。その比嘉さんから、父と姉たちの最期を知らされたのです。

「会長さんたちは身を寄せる壕《ごう》がなく、民家の庭でうずくまっておられた。私たちの家族と合流し、男たち三人で壕を掘りに行った。ようやく壕が完成して、みんなのいるところに戻ってみると、残っていた人たちは爆弾の直撃を受けて変わり果てた姿になっていた。会長さんは二人の娘さんの亡骸《なきがら》を埋葬してから、『百子に知らせてくる』と言って、一人で行ってしまわれた。そのまま行方知れずとなり、どこかで亡くなったのだと思う」

初子姉さんと愛子姉さんが亡くなった日は六月十八日。私たちひめゆり学徒隊が、解散命令を受ける直前でした。

あの日、私が水汲《く》みに行く途中で見かけた二人の女学生は、きっと姉さんたちだったに違いない。仲良しだった二人の霊《みたま》が、お別れに来てくれたのだと思いました。

死は「出直し」

年が明けて、昭和二十一年になりました。

米軍は沖縄師範学校男子部と女子部の生存者を集めて、具志川《ぐしかわ》村（現在のうるま市具志川）に「文教学校師範部」を設置し、教員養成の取り組みを始めました。第一期は男女一クラスずつで、生徒は四十人から五十人くらいです。

平和になり、思う存分勉強できるようになったのですが、私たちの心は晴れませんでした。

かつての同級生はほとんどが亡くなり、授業をするための教科書や教材も不足していました。ただただ、私は教員の免許を取るためだけに学校へ通っていました。

私たち一期生は二カ月で卒業し、私は教会のあった首里《しゅり》に戻りました。首里では、国頭《くにがみ》へ疎開していた役員の稲福政興《いなふくせいこう》さんが会長代務者となり、教会を守っていました。首里在住の人たちは、早くから収容所を出ることが許されたこともあり、近所の人たちも少しずつ戻ってきて、学校も再開されました。私は稲福さんの家族と一緒に教会に住み、四月から首里城のふもとの首里第二小学校で教員として働き始めました。

少しずつ日常を取り戻しつつありました。しかし私は、亡くなった父や姉たちのことを思い出しては、泣いてばかりいました。

ある日、泣いている私を見た稲福さんが叱《しか》りました。

「ももちゃん、いつまで泣けば気が済むんだ。いい加減にしなさい。ももちゃん一人が悲しいんじゃないんだぞ！」

稲福さんは数年前、父とともに布教に歩き、「医薬妨害」といういわれなき罪で投獄されたことがありました。長年、苦楽を共にした会長が亡くなったことを、誰よりも悲しんでいる一人でした。

「みんな家族や大切な人を失っているんだ。めそめそ泣いてばかりいたら、誰も寄ってこない。『泣きっ面に蜂《はち》』と言うだろう。泣いてばかりいる人に寄ってくるのは、蜂くらいだぞ！」

「……分かりました。もう泣きません」

そのうち、きっと疎開した母や弟たちも帰ってくる。私がめそめそしていたら、母はもっと悲しむだろう。亡き父や姉たちも、そんなことは望んでいないだろう。家族のために、どんなに苦しくても悲しくても、人前ではもう絶対に泣かない――そう、心に決めました。

もちろん、すぐに悲しみを乗り越えられたわけではありません。日常生活の中で、「父や姉たちがいてくれたら……」と思うことは何度もありました。朝夕、神前にぬかずいているとき、ふと父や姉たちの面影が浮かんできて、泣くつもりはないのに、涙がハラハラとこぼれることもしばしばありました。

でも、天理教では、死は「出直し」であり、生き通しの魂は、今生お借りした古い着物を脱いで、また新しい着物を借りて来生に生まれ替わってくる、と教えられます。

だから父や姉たちも、学徒隊の仲間たちも、みんなきっと生まれ替わってくると信じています。

そして、生き残った私に託された務めは、亡くなった父や姉たち、ひめゆりの仲間たちが、今度生まれ替わってくる世の中では戦争の苦しみも悲しみも味わうことなく、家族の温《ぬく》もりに包まれて、幸せに暮らせるように祈ることだと、強く心に銘じたのです。

この年の秋、熊本に疎開していた母や妹、弟たちが沖縄に帰ってきました。

私はしばらく小学校の教員として勤めていましたが、家族を支えるため、収入の多い米軍基地で働くようになりました。その収入で現在の場所に家を建て、首里分教会の復興に力を尽くしました。

昭和二十八年、私は結婚しました。そして翌二十九年、母が会長に就任しました。

現在のひめゆりの塔

ひめゆりの塔

最後に、「ひめゆり学徒隊」と「ひめゆりの塔」について話したいと思います。

沖縄県女子師範学校は『白百合《しらゆり》』、第一高等女学校は『乙姫《おとひめ》』という学校広報誌を、それぞれ設立当時から発行していました。

大正五年、二つの学校が同じ敷地に併設されるようになってからは、それぞれの名前を取って『姫百合《ひめゆり》』という共同の広報誌を作り、学友会も「姫百合之会」と名づけられました。そこから、私たち看護要員部隊のことを「ひめゆり学徒隊」と呼ぶようになりました。

昭和二十一年二月、ひめゆり学徒隊遺族の一人で、真和志《まわし》村の金城和信《きんじょうわしん》村長が中心となって遺骨の収集に取りかかり、納骨のための「魂魄《こんぱく》の塔」を建立《こんりゅう》しました。

同年四月五日、多くのひめゆり学徒隊員や陸軍病院関係者が亡くなった伊原《いはら》第三外科壕の上にも慰霊塔が建立されました。これが「ひめゆりの塔」です。また四月九日には、師範学校男子部の生徒たちで構成された「師範鉄血勤皇隊」の犠牲者を祀《まつ》る「沖縄師範健児《けんじ》の塔」が摩文仁《まぶに》に建立されました。ちなみに、夫・政昌も師範鉄血勤皇隊の一員でした。

「ひめゆり学徒隊」がこれだけ有名になったのは、戦後、小説に描かれ、芝居や映画が相次いで公開されたことがきっかけでした。しかし、これらの作品は脚色や創作が多く、事実を正確に伝えるものではありませんでした。

このことについても、正確な記録を残された西平先生の功績は非常に大きかったと思います。

西平先生の長女・松永英美《まつながひでみ》さんは、『ひめゆりの塔　学徒隊長の手記』の発刊に際して、父親の思い出を次のように述べています。

「沖縄の記録をまとめるから手伝えと言い出したのもこのころだったと思う。父は帰った直後から何かしきりに書いていたが、それは文部省への報告書だったとかで、学校のこと、学生のことなど詳しく整理して記録しておきたいから私に清書しろという。乗り気にならない私に『アルバイト料を出そう。本が買えるぞ』と強引だった。毎日学校から帰って、黄色いわら半紙に書かれた父の原稿を白い原稿用紙に写していった。それは一年余りかかっただろうか」（『ひめゆりの塔　学徒隊長の手記』「沖縄から帰ってからの父」より）

そして、西平先生が捕虜として収容されていたときの証言も綴《つづ》られています。

「沖縄の収容所でいっしょだったという人が父をたずねて来たことがある。兵隊だったというその人と父は遅くまで酒をのんで沖縄の話をしていたが、私は良い機嫌になったその人から、父が収容所で自分はシビリアン（文民＝編集部注）だから軍に協力する義務はない人間だと言いはり、通訳など米軍への協力を一切こばんだこと、そのために随分ひどい待遇をうけ、日射病で死にかけたこと、そんな父を兵隊たちみんなでかばったことなどをはじめて聞いた」（同書）

西平先生のお人柄がうかがえるエピソードだと思います。

資料

西平英夫著『ひめゆりの塔　学徒隊長の手記』「付録」より

『琉球新報』昭和二十九年一月三十日号

戦没学徒援護に朗報
貴重な秘録還える

南連と社会局援護課のタイアップで沖縄決戦で散華《さんげ》した軍人軍属の遺族にまる八年ぶりに日本政府の温い援護の手がさしのべられ全住民の感謝の的になっているが、映画「ひめゆりの塔」「沖縄健児隊」などで世界にクローズアップされた沖縄学徒出陣をどう扱うかについて先に来島した田辺援護局次長も「軍人並に慰霊、弔慰の方法を考えるべきだ」と当時の現状に同情したものの、これを立証する資料に乏しく援護問題も困難なコースが予想されていた折、二十八日本社親泊《おやどまり》社長が沖縄財団九州支所に保管していた終戦直後の貴重な現地秘録「沖縄戦闘下における沖縄師範学校状況報告書」が空便で取り寄せられ、直ちに南連に提出、出陣学徒の兵籍における身分階級など法的立証に大きな朗報をもたらした。

この貴重な現地記録は沖縄決戦当時沖縄師範学校男子部の「鉄血勤皇隊」とともに出陣した同校教諭本部付自活班長秦四津生《はたしづお》氏、女子学徒隊（後のひめゆり隊）隊長沖縄女子師範教授、生徒主事西平英夫両氏が陣中日誌をもとに作成したもので、終戦直後の昭和二十一年一月二十日付文部省に提出した記録だ。……ところが終戦直後の文部省は敗戦下の圧力に脅え関係省に提出出来なかったという程の生々しいもの。その後この報告は転々として熊本県民政部の書棚に下積みされていたのを在福当時の親泊本社々長が散逸を恐れ、特に保管の了解をえて今日まで丸八年間大事に保管していたが今城南連所長、斎藤事務官らの熱意に動かされて空便で取り寄せ二十九日晴れて南連で陽の目をみた貴重な記録である。報告書は美濃二十八行罫紙《けいし》二十九枚からなり、学徒隊長をはじめ鉄血勤皇隊師範隊本科三年上等兵外《ほか》五十九名の戦死の日時、場所を確認し女子部隊波平貞子三十八名も同様に戦死の状況や入隊式の悲しそうな光景などが目をおわしめるほど詳細に記されており今後の調査のキーポイントともみられ注目される。

はっきりした学徒の身分

斎藤事務官談＝学徒隊も救いあげ援護法による弔慰金や年金の恩典に浴せしめる方針で今日まで調査を進め学徒隊の遺族も親しく訪問し、当時の情況を調べたが戦中戦後の混迷にはばまれ適確な資料がつかめないものもあり困惑していた矢先、生還脱出した西平教授秦教諭の報告書は学徒隊出陣の軍命並びに動員後の兵隊としての身分階級がはっきりしたことはまことに心強く貴重な資料として充分検討し遺族を物心両面から救いあげるよう上司とともに努力したいと思う。

軍人並の恩典は確実

この報告書は西平先生が終戦直後、屋嘉《やか》収容所で書きあげたものと思う。陣中日記をしるしていたものと思われ、各学徒の生死について相当詳しく、日時までハッキリしている。この有力な資料によって散華した学徒隊員も軍人並みの恩典に浴することは確実であり、戦争中殉国の学徒隊をあずかってきたわれわれ教師の立場から詢《まこと》に喜ばしい。責任感の強かった西平教授はその後逝去されたとの噂《うわさ》もあり目下、真否を調査している。何《いず》れ金城和信氏にも連絡をとって南連の助力を仰ぐことにしたい。

証言

いのちある限り

私が〝語り部〟として沖縄戦のことを話すようになったのは昭和四十年ごろ、沖縄の本土復帰を前に、テレビや新聞の取材を受けたことがきっかけでした。

心の奥にしまい込んで、そっとしておきたい悲惨な記憶の数々。戦後二十年経《た》ったとはいえ、当時を振り返るのは決して楽な作業ではありません。講演中には、亡くなった仲間のことを否応《いやおう》なく思い出しますし、時には、自分が死なせたのだと責められているような気になることもありました。

しかし、こうして話をさせていただくのも、沖縄戦のあの惨状を決して忘れることなく、後世へ正しく伝えるという使命を、親神様が私に課してくださっているのだと思うのです。

父の、姉たちの、ひめゆり学徒隊の仲間たちの分まで、いのちある限り、あの戦争のことを語り続けよう。語ることで、平和のありがたさ、いのちの尊さ、人と人とがたすけ合うことの大切さが少しでも伝われば、きっと争いのない陽気ぐらし世界に近づいていくと信じます。

各地で講演に立つとき、私は必ずお祈りいたします。

「お父さん、初子姉さん、愛子姉さん、そして仲間たち。今日もこれから私の体験を話させていただきます。十分に務めが果たせるよう、私をお見守りください」

【コラム⑤】 ひめゆり学徒隊の生存者と死亡者

動員されたひめゆり学徒隊
240人（生徒222人、教師18人）

生存者
104人（生徒99人、教師5人）

死亡者
136人（生徒123人、教師13人）

陸軍病院動員以外の死亡者
91人（生徒88人、教師3人）

■参考文献

『ひめゆりの塔　学徒隊長の手記　新装版』　西平英夫著　雄山閣
『ひめゆりたちの沖縄戦』　体験談＝与那覇百子　劇画＝ほし☆さぶろう　閣文社
『墓碑銘――亡き師　亡き友に捧ぐ――』
　ひめゆり平和祈念資料館・建設期成会資料委員・ひめゆり平和祈念資料館資料委員会編
『ひめゆりの塔をめぐる人々の手記』　仲宗根政善著　角川文庫
ひめゆり平和祈念資料館　資料集4『沖縄戦の全学徒隊』　ひめゆり平和祈念資料館発行
『ひめゆり学園（女師・一高女）の歩み』
　ひめゆり平和祈念資料館開館20周年記念特別企画展資料　ひめゆり平和祈念資料館発行
長編ドキュメンタリー映画「ひめゆり」パンフレット（資料集）
　監督＝柴田昌平　プロダクション・エイシア
平和学習ハンドブック『清《ちゅ》ら島　沖縄《うちなー》』　財団法人沖縄協会発行
『読谷村史』第五巻資料編4「戦時記録」上巻　沖縄県読谷村史編集室編
『天理教那覇分教会史』　天理教那覇分教会史編纂委員会編

「あとがき」にかえて――西平先生のこと　与那覇百子

西平先生と初めてお会いしたのは、昭和十七年四月、沖縄県女子師範学校に入学した直後のことでした。

クラスの要録係に選ばれた私は、毎日のように先生方のおられる教務室へ行って、時間割や移動教室の割り振りを確認することになりました。その時間割や教室割を決めておられたのが、西平先生だったのです。

第一印象は無口な先生でしたが、顔を合わせると、いつも笑みを浮かべて、新入生の私にも優しく応対してくださいました。

私が入学した当時、長姉の初子は師範学校の五年生で、次姉の愛子は師範学校の三年生でした。西平先生は初子姉に哲学を教えておられ、奥様が天理教の教会のご出身ということもあり、私の入学以前から、父とは親交がありました。父は、西平先生のお宅へ伺ったこともあったようです。

のちに初子姉が専攻科へ進むきっかけを下さったのも、西平先生でした。初子姉は五年間の師範学校を卒業すると就職するつもりでしたが、西平先生から「これからは女性でも管理職になれる時代だから、専攻科を了《お》えてから就職してはどうか」と勧められたそうです。

西平先生のことで思い出すのは、入学した年の夏休みの出来事です。夏休みになると、宮古《みやこ》や八重山《やえやま》などの離島出身の生徒たちや、沖縄本島の北部にある国頭《くにがみ》などから来た生徒たちは一斉に帰省します。しかし、地元の首里《しゅり》や那覇《なは》の自宅から通学していた私たちは、「勤労奉仕があるから」と学校に集められました。

作業服に着替えて運動場に集合すると、西平先生は私たちに十字鍬《くわ》を持たせました。

先生は、二面あったテニスコートの一つに、白線で長方形を描いていきます。

「みんな、この白線の内側を掘りなさい」

「先生、これは何ですか？」

「ここにプールを造るんだよ」

私たちはびっくりしました。当時の沖縄では、那覇に公営のプールはありましたが、自前のプールを持っている学校はありませんでした。水泳の授業は海でやっていたのです。そんな大工事を、子供同然の私たち女生徒にやらせようというのです。みんな驚きながらも、先生と一緒に一生懸命に穴を掘りました。

ところが、私たちが掘ったのはその日だけで、翌日からは、専門の業者がプール工事を進めました。西平先生はまず、生徒に工事を手伝わせることで、「自分たちの手でプールを造った」という実感を味わわせたかったのでしょう。先生の指導方法は、一事が万事そうでした。

年が明けて昭和十八年一月、プール開きになりました。県知事などの来賓をお招きし、元オリンピック選手の模範演技も披露され、それは盛大なセレモニーでした。私たちの喜びも、ひとしおでした。

この年の四月、沖縄県師範学校と沖縄県女子師範学校が統合され、官立沖縄師範学校が設置されました。それに伴って全寮制となり、自宅から通学していた私も一時、寮生活をすることになりました。

西平先生は師範学校の教授職とともに、寮の舎監長も務めておられました。一気に増えた寮生たちに規律を守らせ、寮の秩序を保つために、日ごろは厳しい顔をされていました。

というのも、当時、戦況はどんどん悪化していました。本土からの輸送船が敵の潜水艦に襲われ、食料事情も悪くなる一方でした。学校の農場だけでは十分な食料を確保できないので、西平先生の指示のもと、寮の近くにあった〝オランダ屋敷〟（明治期に外国商人が住んでいた建物）の跡地を開墾《かいこん》し、芋や野菜作りに励みました。緊迫した情勢下で物資も滞《とどこお》るなか、大勢の若い寮生たちの食料を確保するために、非常な苦心をされたであろうことは想像に難くありません。

西平先生は謹厳実直な方でした。その指導のおかげで、〝自分の仕事は自分で果たさなくてはいけない〟という責任感が培われ、砲弾の飛び交う戦場でも容易に動じない精神力を育《はぐく》んでいただけたと思います。

そんな中にも、私たち生徒のことをいつも気にかけ、時には体を張って守ってくださいました。

昭和十九年に入り、私たちが高射砲台の陣地構築の作業をするようになったころのことです。

ある日、仲間の一人が体調を崩して寮で休んでいました。しかし、ずっと休ませていると、軍の人たちから「国の一大事に寝ているとはけしからん」と叱責《しっせき》されるので、西平先生は一計を案じ、彼女のほか数人に学校の敷地内で草むしりをするよう指示されたそうです。

ところが、草むしりをしている生徒たちの姿を見かけた将校が、

「草むしりなど何を悠長なことをやっておるか！　大事な作業は、ほかにいくらでもある。ついて来い！」

と、彼女たちを連れていこうとしました。すぐさま西平先生が駆けつけ、

「この生徒たちは体調を崩して陣地構築に出られないから、ここで草むしりをさせているのです。作業に出させるわけにはいきません」

と、頑として将校の命令を突っぱねられたのでした。

私が西平先生と最後にお会いしたのは、南風原《はえばる》の本部壕《ごう》へ、上地貞子《うえちさだこ》さんの死亡報告に行ったときでした。南部へ撤退してからは、西平先生とは別々に行動したからです。終戦後も、先生は捕虜収容所を出ると、本土の天理教鷲家《わしか》分教会へ戻られたので、一度もお会いできませんでした。そして二十九年一月、四十五歳の若さでお亡くなり

になったと伝え聞きました。

学徒隊長というお立場上、軍と私たち生徒との間で何度も板挟みになり、悩み抜かれたことでしょう。それでも、常に私たちのことを気にかけてくださったことは、生涯忘れることができません。

西平先生は戦時中、時間があれば学徒隊の行動や状況を手帳などに記録されていました。戦後、それを報告書としてまとめられ、文部省へ提出してくださったおかげで、沖縄戦の実情と、ひめゆり学徒隊の働きを日本中の人々に知ってもらうきっかけになったことは、大きなご功績でした。

その傍《かたわ》ら、戦争で亡くなった生徒一人ひとりの遺髪などを、戦後、遺族の方々に届けておられたとも伺っています。

戦後、私は度々おぢば（奈良県天理市にある天理教教会本部）へ帰らせていただきました。西平先生が引き揚げられた鷲家分教会のある東吉野《ひがしよしの》村は、天理から車で一時間余りのところにあるのに、一度も先生にお会いできず、お礼を申し上げられなかったことが、とても心残りです。西平先生にもう一度お会いして、お礼を申し上げたかった——。

西平先生、本当にありがとうございました。

与那覇百子《よなはももこ》

1928年（昭和３年）３月28日、沖縄県首里市（現・那覇市）で上地安昌・カメの三女として生まれる。

1942年２月24日、父・安昌が天理教美里分教会２代会長に就任。同月27日、天理教首里分教会へと改称。

同年４月、沖縄県女子師範学校に入学。

1945年３月26日、ひめゆり学徒隊として、南風原陸軍病院に動員される。

同年６月20日、本島南部の荒崎海岸で米軍の捕虜となり、金武村惣慶の難民収容所へ送られる。

1946年４月１日、首里第二小学校に教師として勤務。

1952年８月、修養科修了。

1953年４月、与那覇政昌と結婚する。

1954年10月、母・カメ、首里分教会３代会長に就任。

1955年９月23日、東京へ移り住む。

1965～72年　沖縄の本土復帰を前に、「沖縄戦の証言者」としてテレビや新聞などマスコミの取材を受ける。

1978年から、学校や自治体などに招かれ講演活動。

1992年（平成４年）、テレビ朝日「徹子の部屋」に女優の香川京子さんと出演。

2005年から2008年まで、ひめゆり平和祈念資料館で〝語り部〟の一人として来館者に沖縄戦の体験を伝える。同館での〝語り部〟をやめた後も、年間40回以上の講演を引き受け、自らの戦争体験を語っている。

西平英夫《にしひらひでお》

1908年(明治41年)、奈良県吉野郡小川村(現・同郡東吉野村)に生まれる。京都帝国大学哲学科在学中、樋口宇三郎・天理教鷲家分教会6代会長の長女・智恵子と結婚。

1938年(昭和13年)、沖縄師範学校教授となり、生徒主事、寮舎監長を務める。

1944年6月、妻と4人の子供たちを奈良の鷲家分教会へ疎開させた後、沖縄に戻り、ひめゆり学徒隊隊長として女学生たちを率いる。

1946年1月、沖縄から復員する。

1949年9月、山口大学教授に就任。

1954年1月4日、没。享年45歳。

西平家の正月の家族写真。中央が英夫さん、左が妻・智恵子さん、右から2番目が長女・英美さん(1941年ごろ。写真提供＝松永英美)

生かされて生きて
元ひめゆり学徒隊〝いのちの語り部〟

2011年7月1日　初版第1刷発行
2011年9月26日　初版第2刷発行

著　者　与《よ》那《な》覇《は》百《もも》子《こ》
編　者　天理教道友社

発行所　天理教道友社
〒632-8686　奈良県天理市三島町271
電話　0743(62)5388
振替　00900-7-10367

TENRIKYO DOYUSHA

印刷所　株式会社天理時報社
〒632-0083　奈良県天理市稲葉町80

ISBN978-4-8073-0558-2
定価はカバーに表示